음의 방정식

FU NO HOUTEISHIKI
by MIYABE Miyuki

Copyright © 2014 MIYABE Miyuki
All rights reserved.
Originally published in Japan by SHINCHOSHA Publishing Co., Ltd, Japan.
Korean translation rights arranged with RACCOON AGENCY INC., Japan
through THE SAKAI AGENCY and BC AGENCY.

Korean translation rights © 2016 by MUNHAKDONGNE Publishing Corp.

이 도서의 국립중앙도서관 출판예정도서목록(CIP)은
서지정보유통지원시스템 홈페이지(http://seoji.nl.go.kr)와
국가자료공동목록시스템(http://www.nl.go.kr/kolisnet)에서 이용하실 수 있습니다.
(CIP제어번호: CIP2016002461)

음의 방정식

미야베 미유키
장편소설

이영미 옮김

문학동네

1

8월 초 토요일 아침이었다. 얼마 남지 않은 수명을 헤아리는 매미들이 이른 시간부터 열심히 울어댔다.

내가 사무실 겸 자택으로 쓰는 셋집은 지은 지 사십 년이 넘은 목조주택이다. 인간에 비유하면 말 그대로 기식엄엄氣息奄奄한 기색이 역력하지만, 그래도 숨은 쉰다. 콘크리트 패널과 단열재, 이가 꼭 맞는 새시로 밀봉된, 안드로이드 같은 새 건물과는 다르다. 공원과 마주보는 뒤쪽 창을 열어젖히고 집과 함께 아침 심호흡을 하는데 전화가 울렸다.

"안녕하세요. 아키요시입니다."

오늘 오전 열시에 면담을 잡은 아키요시 다쓰히코 씨였다.

"아침 일찍부터 죄송합니다. 약속시간을 조금 앞당길 수 있을까요?"

"몇시쯤이 좋으시죠?"

"여덟시, 아니, 아홉시라도."

나는 벽시계를 보았다. 역시 집주인에게 빌려 쓰고 있는, 집보다 훨씬 오래된 괘종시계다. 오전 여섯시 반이 막 지났다.

나의 망설임이 낳은 짧은 침묵에 수화기 너머 목소리가 움츠러들었다.

"무리한 부탁을 드려서 죄송합니다. 쇼타가 걱정돼서 도무지 진정이 안 되네요."

쇼타는 그의 중학교 3학년 외동아들이다.

"알겠습니다." 내가 대답했다. "여덟시로 하죠. 차로 오시나요?"

"네."

"서두르지 말고 안전운전하세요."

회사 임원인 아키요시 씨네 유복한 세 가족은 세타가야 구에 산다. 내가 사는 이 오래된 집은 사이타마 현 가와쿠치 시와 도쿄 기타 구의 아슬아슬한 경계선에 있다. 옛 상사의 표현을 빌리자면 "기타 구에 가까스로 한 발 걸친 도내*"다.

전화를 한 통 걸까 하다 문자로 바꿨다. 아직 자고 있을지도 모른다.

헤어진 아내가 딸의 입원 소식을 전해온 것은 어제 오후였다. 감기가 악화되어 폐렴으로 번졌다고 한다.

"링거 맞고서 열은 내렸고, 조금 안정돼서 연락했어. 회복중이니까 안심해. 아빠 보고 싶어해."

내일 최대한 일찍 문병을 가겠다고 약속했는데 늦어질 것 같다. 필요한 게 있으면 뭐든 알려달라고 문자를 보내놓고서 곧 그런 건 없겠지 하는 생각이 들었다. 헤어진 아내는 좋은 엄마다.

부부는 이혼하면 남남이지만 부모 자식은 다르다. 그러나 떨어져 살다보니 실질적으로 부모 노릇을 못할 때가 많다.

---

* 都內. 23개 구로 나뉜 도쿄 도의 중심 지역.

내 딸은 열 살. 아직은 천진난만하게 아빠를 잘 따른다. 열네 살인 아키요시 쇼타는 어떨까. 자기를 위해, 신분이 확실치 않은 나 같은 사람한테까지 "아침 일찍부터 죄송합니다"라며 고개를 숙이는 아빠를 아들은 어떻게 생각하고 있을까.

하긴 당사자인 부모조차 알지 못하니 탐정이 나설 자리가 생기는 것이다. 나는 쓸데없는 상상을 접고 세수를 했다.

학교법인 세이카 학원은 1960년 설립된 신흥 사학이다. 산하에 '민주주의 사회의 지적 시민을 양성하는' 중고등 일관교육*과 높은 취업률로 유명한 사년제 대학이 있다. 캠퍼스는 도쿄 외곽이지만, 중학교와 고등학교 건물은 야마노테 선 오사키 역에서 그리 멀지 않은 시내에 있다.

5층 건물을 빙 둘러싼 높은 담장과 말끔하게 손질된 화단이 보이지만 운동장은 없다. 여름방학중이라 정문

---

* 중고등학교 과정을 같은 법인의 학교에서 밟는 교육방식. 유치원에서 대학까지 자동으로 진학하는 체계를 갖춘 명문 사립도 있다.

은 닫혀 있고, 학생과 관계자용 출입문에는 보안장치가 달려 있었다.

학생들은 출입시 학생증 겸용 ID카드를 이용한다. 길 반대편에서 지켜보고 있자니 큼지막한 운동가방을 멘 여학생 둘이 카드를 대고 문을 열고는 뭐라고 재잘거리며 건물 안으로 들어갔다. 영세한 사립탐정과 마찬가지로 틴에이저의 특별활동에는 여름휴가가 없는 것이리라.

아키요시 씨에게 정식 의뢰를 받고 곧장 이곳부터 찾았다. 아키요시 쇼타를 괴롭히는 문제가 무엇이든 현장이 이 학교라는 건 확실하다. 당장 안으로 들어가긴 어렵더라도 일단 눈으로 봐두고 싶었다.

오후 한시 반이 지난 지금 내가 서 있는 쪽으로 그늘이 져 있다. 약속이 있는 양 이따금 스마트폰을 꺼내는 시늉을 하며 십 분가량 학생들을 지켜보다가 건물을 한 바퀴 돌아 원래 장소로 돌아오는데, 오른쪽 뒤에서 누가 말을 건넸다.

"실례지만, 누구시죠?"

맑고 힘있는 목소리다.

"세이카 학원에 볼일이 있으신가요?"

학교 안에 경비원이 있겠거니 했지만 등뒤는 경계하지 않은 터라 적잖이 놀랐다. 돌아보니 흰색 셔츠에 슬림한 검은색 정장을 입은, 나보다 키가 10센티미터쯤 작은 여자가 올려다보고 있었다. 왼손에 두툼한 서류가방을 들고 있다.

변호사다. 옷깃에서 금빛 배지가 반짝였다. 나는 대답하는 대신 되물었다.

"학교 대리인 변호사십니까?"

상대는 눈을 가볍게 깜박였다. 검은 머리칼을 피겨스케이트 선수처럼 바짝 틀어올렸고 화장은 옅다. 그런데도 시선을 끌기에 충분한, 품격 있는 미인이다. 나이는 서른 안팎일까. 변호사로서는 새내기 축일 것이다.

그렇다고 가볍게 본 건 아니지만, 나는 한 발 더 들여보기로 마음먹고 물었다.

"아니면 히노 다케시 선생—아니, 이제는 전직 선생이죠. 그 사람의 대리인입니까?"

이런 장소에서 내 존재를 수상쩍게 여기고 정체를 묻는 변호사라면 둘 중 하나일 테지. 딱히 대담한 추론은 아니다.

눈앞의 변호사는 예상했던 것보다 훨씬 여유 있는 미소를 지었다.

"제가 변호사인 건 맞지만."

목소리는 밝고 흔들림이 없었다.

"방금 질문에는 대답하기 어렵겠네요. 적어도 선생님이 먼저 제 질문에 대답해주기 전에는요."

"지당하신 말씀입니다. 실례했습니다."

나는 명함을 꺼내고 가볍게 고개를 숙였다.

"흔한 이름이라 가명으로 오해받기도 하지만, 본명입니다."

스기무라 사부로三郎. 아들로는 둘째지만 누나가 하나 있어서 '셋째'라는 뜻의 이름이 붙었다.

업스타일이 어울리는 변호사가 대상을 검열하는 눈빛을 띠었다. 나는 그 시선을 받으며 미소지었다.

"저는 사립탐정입니다. 다른 데서 하청도 받지만 제 사무실이 따로 있죠. 부하직원이나 비서는 없지만요."

잠깐 뜸을 들인 후 변호사가 말했다. "요즘에는 보기 힘든데요."

사립탐정이라는 호칭 얘기인가 했는데 아니었다. 내

복장을 보고 한 말이다.

"그거 노타이셔츠죠?"

이 년 전 돌아가신 아버지의 유품이다. 장례식을 마치고 옷가지를 정리하다가 쇼핑백에서 꺼내지도 않은 와이셔츠가 보여서 가져왔다.

"차림새가 이래서 죄송합니다. 정식으로 약속을 잡으면 양복에 넥타이를 매고 찾아뵙죠."

"제가 스기무라 씨와 약속이 필요한 종류의 대화를 나눌지 말지는 누가 어떤 이유로 스기무라 씨를 고용했는지에 따라 달라지겠죠."

직설적인 표현이다.

"선생님, 사립탐정에게도 묵비의무라는 게 있어요. 의뢰인의 정보를 덥석 밝힐 순 없습니다."

"네, 그렇겠죠."

"그래도 우리는 변호사 선생님들보다 융통성이 있으니까요. 필요한 타협이라면 기꺼이 응하겠습니다."

"어느 정도의 타협 말씀이시죠?"

코웃음치는 느낌이 아니라 진지한 질문이었다. 나도 진지하게 대답했다.

"제 의뢰인은 '체험캠프 사건'의 진상을 알고 싶어합니다."

업스타일이 어울리는 변호사가 눈을 가늘게 떴다.

"그 학생들 중 한 명의 보호자군요?"

"한 번의 타협에 거기까지 말해버리기는 좀 그런데요."

"사건과 관계없는 학생의 부모가 굳이 사람까지 고용해서 조사할 리 없죠."

그렇게 말한 변호사는 생각에 잠겼다. 혹은 그러는 척했다. 잠시 후 말했다.

"좀 시원한 데로 갈까요?"

이것이 내가 변호사 후지노 료코를 만난 계기였다.

2

세이카 학원 중등부 3학년은 남학생 서른두 명, 여학생 마흔 명이 네 개 반으로 나뉘어 있다. A반 열네 명, B반 열여섯 명, C반과 D반은 각각 스물한 명이다.

미묘하게 언밸런스한 인원수가 암시하듯 반 편성은 실질적으로 학생의 순위에 따른 것이다. A반은 A등급, B반은 B등급인 셈이다. 주요 평가기준은 물론 학업 성적이지만 운동 실력이나 예술 감각, 과외활동 참여도 등도 중시된다. A등급은 '올 5점'에 해당하는 이상적인 우등생들. B등급은 그에 준하는 존재—성적은 높지만 운동신경이 떨어진다거나 성적은 상하 정도지만 다른 방면의 소질이나 개성이 있는 학생들. C, D등급은 (열네 살에서 열다섯 살인 현재로서는) 이렇다 할 특성이나 소질이 보이지 않는, 지극히 평범한 학생들이다.

이 등급 평가는 고등부에 올라가서도 답습되고 대학 진학에도 영향을 미친다. 세이카 학원 대학은 인기 있는 사립대지만 명문까지는 아니어서, 이른바 에스컬레이터식으로 이곳에 진학하는 고등부 학생은 실은 대부분 B등급과 C등급이다. A등급 학생들은 다른 유명 대학에 진학한다. D등급은 거의 세이카 학원 대학에 들어가지 못한다. 사년제를 포기하고 전문대나 직업학교를 택하는 학생도 많다고 한다.

등급 평가는 매년 한 번, 학년 초에 이루어진다. 학생들은 이것을 '교체전'이라고 부른다.

이 시스템을 설명해준 아키요시 씨 역시 세이카 학원 졸업생이다.

"중고등부 모두 B반 상위권 정도였습니다."

현재 세이카 학원 중등부 3학년인 아키요시 쇼타는 D반이다. 그리고 그가 속한 D반이 교내에서 '피난소 생활 체험캠프'를 열었던 6월 15일 토요일 밤, 사건이 벌어졌다.

이 캠프는 동일본 대지진 후 세이카 학원 이사회가 중등부 3학년을 대상으로 시작한 교육 행사다. 대규모 자연재해가 발생했을 때의 피난소를 가정해 교실에서 침낭을 깔고 하룻밤을 보내는 것이다. 불빛은 손전등과 전지식 랜턴, 식사는 비상식량, 물은 페트병에 든 재해용 비축수, 그 외 생활용수는 물탱크에 받아놓은 수돗물을 사용한다.

그러나 수세식 화장실과 세면실을 사용할 수 있고, 냉난방 시설도 작동하며, 취침은 남녀별로 교실을 나누어 이루어진다. 체험이 지나치게 사실적이었다가는 다른 문제가 생길 수 있기 때문이리라. 휴대전화나 스마트폰도 가져올 수 있고 어떻게 사용하든 자유다. 다만 배터리가 떨어지면 자가발전 수동 충전기를 써야 한다.

체험캠프는 한 반씩 돌아가며 실시한다. 당일 오후 세시 학교 의사가 간단한 검진을 해서 조금이라도 이상 증상을 보이는 학생은 집으로 돌려보낸다. 애당초 이 행사는 의무가 아니라 참가 여부를 학생 본인과 보호자가 결정할 수 있다. 그렇다보니 지금껏 실시한 열 번 중 반 전원이 참가한 적은 없었다고 한다.

6월 15일 3학년 D반의 행사에도 스물한 명 중 열다섯 명만 참가했다. 남학생 일곱 명, 여학생 여덟 명이다. 지도는 D반 담임인 영어 선생 히노 다케시(38세)와 부담임 음악 선생 아라이 사토미(23세), 학교 의사 오가와 미쓰마사(62세)가 맡았다. 경비회사에서 파견된 경비원이 여러 대의 CCTV와 모니터로 원격감시를 하고 야간에는 교내를 순찰했다. 또한 이 캠프에서만 사용하는 비상용 버저를 남녀 리더 한 명씩에게 지급했다.

캠프 일정은 대략 오후 네시부터 다섯시까지 재해시 대처법과 응급처치에 대한 강의, 일곱시까지 저녁식사와 정리정돈, 그후 학급회의로 짜여지고, 소등이 이루어지는 열시까지는 자유시간이다. 형광등 대신 랜턴을 켜 놓긴 하지만 이 체험캠프의 가장 큰 목적은 학교에서 하룻밤을 보내는 것이므로 학생들에게 그 이상의 의무는 주어지지 않는다.

자유시간에는 집에서처럼 스마트폰으로 동영상을 보거나 메신저 대화, 게임 등을 해도 상관없고 실제로 대부분이 그렇게 시간을 보내는 듯하지만, 캠프의 단골손님인 '괴담 시간'도 빠지지 않는 모양이다. 손전등을 들고 '한밤중의 학교 탐험'을 나서는 아이들도 있다고 한다. 학교를 빠져나와 근처 편의점 등에 갈 수도 있지만, 전관에 보안장치가 작동하는 밤 아홉시 이후에는 출입이 불가능하다.

해당 반의 담임과 부담임은 남자인 경우 교직원용 탈의실에서, 여자인 경우 휴게실에서 잔다. 의사는 양호실을 이용한다. 이런 식으로 진행해서 여태껏 한 번도 문제가 생기지 않았고, 보호자의 항의가 들어온 적도 없다고 한다.

아키요시 쇼타가 속한 3학년 D반의 체험캠프도 평화롭게 진행되었다. 0시 17분, 1층 출입문에서 경보가 울리기 전까지는.

잠시 후 외부 침입 때문이 아니라 안에 있던 누군가가 무단으로 나간 탓에 경보장치가 작동했음이 밝혀졌다. D반 남학생 리더 시모야마 요헤이가 교실에서 사라진 것이다. 놀란 교사들과 오가와 의사가 허둥대는 사이 그의 어머니가 경비실로 전화를 걸어왔다.

"요헤이가 당장 집에 오겠다고 해서 학교에 가서 데려왔어요. 무슨 일인지는 아직 모르겠어요. 애가 얼굴이 벌게져서는 몹시 흥분한 상태예요."

이 비상사태로 늦은 밤 중등부 교직원 전원이 소집되었다. 체험캠프중인 학생들의 집에도 급히 연락이 가서 열다섯 명의 보호자가 달려왔다.

그제야 침묵을 지키던 학생들이 입을 열면서 사정이 알려졌다.

발단은 소등 후 밤 열한시쯤. D반 남학생 일곱 명이 모여 있는 3층 교실로 히노 선생이 순찰을 왔을 때라고 한다. 일곱 명 모두 아직 자지 않고 스마트폰을 만지작거리거나 음악을 듣거나 잡담을 나누고 있었다. 그런데 선생이 말했다.

─너희, 어차피 이 시간에 잘 리는 없을 테니 과제를 하나 내겠다. 다함께 생각해봐.

이 체험캠프는 '재해시 피난소'라는 설정인데,

─실제로 재해가 일어났을 때의 피난소는 이렇게 태평하질 않아. 물도 식량도 의약품도 부족하고, 시간이 갈수록 상황은 점점 악화되지.

─그래서 말인데, 이렇게 가정해보자. 너희는 완전히 고립되었고, 모든 구조와 보급이 끊겨서 무슨 수를 쓰더라도 모두가 살아남을 수는 없는 절망적인 상황에 처했다. 최소한 누구 하나는 희생되어야 한다.

자, 누구를 선택하겠나? 히노 선생은 일곱 명에게 도전적으로 물었다.

─장난치거나 웃으면서 넘기려 하지 말고 진지하게 생각해. 농담이 아니야. 가혹한 상황에서 살아남을 여섯 명과 죽어줄 한 명을 결정하는 거다.

제한시간은 한 시간.

─한 시간 후에 너희가 낸 결론을 들으러 오겠다. 그때까지 신중하게 의논해봐. 성의 없이 답을 내지 말고. 정말로 목숨이 달렸다고 생각하란 말이야.

그리고 선생은 리더 시모야마 요헤이를 손가락으로 가리켰다.

—다함께 진지하게 의논하도록 이끌어서 결론을 내는 게 네 역할이야. 리더란 그런 존재다. 제대로 못하면 네가 책임지고 희생자가 되는 거야.

선생이 자리를 뜨고, 일곱 명은 어두운 교실에 남겨졌다. 다들 멍하니 반신반의하는 반응이었다.

—그러다가 마에다가 울기 시작했고, 우리도 갑자기 무서워졌어.

D반 여학생 마에다 미노리 얘기다. 그녀는 단짝친구 이세 사오리와 함께 남학생 교실로 몰래 놀러와 있다가, 한구석에 밀어둔 책상 아래 숨어서 선생과 학생들의 대화를 엿들었다고 한다.

—너무하잖아.

마에다 미노리가 흐느끼고, 이세 사오리는 아라이 선생님에게 이르자고 했다. 그런데 D반 반장 미요시 준야가 말렸다.

—설마 진심으로 하신 말은 아닐 거야. 짓궂은 농담일 테니까 아라이 선생님한테는 말하지 마.

미요시 준야는 미노리와 사오리를 달래서 여학생들이 묵는 2층의 중등부 2학년 D반 교실로 돌려보냈다.

자, 그럼 남학생 일곱 명은 어떻게 했을까.

—의논 같은 건 안 했어요.

—선생님이 정말로 다시 와서 결론을 듣겠다고 하면, 미요시가 반장인 자기가 희생하겠다고 해서.

—선생님은 안 와. 보나마나 농담일 게 뻔해.

그러다 미요시의 단짝 모리모토 신고가, 아무리 농담이라 해도 그런 결론은 이상하지 않냐는 말을 꺼냈다.

—단지 반장이라는 이유로 미요시가 희생되는 건 이치에 안 맞아. 우리 대표라는 게 이유라면, 지금은 오히려 캠프 리더가 더 적합하지 않아? 이왕 제비뽑기로 걸린 김에.

반장이 자동으로 리더를 맡지 않았다는 점에서 알 수 있듯 이 체험캠프의 리더는 사전에 제비뽑기로 정한다. 이런저런 잡일을 떠맡아야 하므로 학생들 입장에서는 피하고 싶은 역할이다.

그러면 되겠지? 괜찮지? 아키요시 쇼타를 비롯한 다른 네 명도 동의했다.

─시모야마를 보내면 되겠다고 다들 안심했어요.

해결이다, 해결. 그제야 겨우 웃음이 번졌고, "시모야마, 미안하다" "잘 가라, 시모야마" 등의 짓궂은 농담도 튀어나왔다.

이쯤에서 짚고 넘어가야 할 것은, 시모야마 요헤이가 평소부터 '괴롭힘을 당하는' 대상이었다는 사실이다. 집단따돌림이라고 할 만큼 심각한 수준은 아니지만 매번 놀림받거나 공격당하는 타입이었고, 본인도 그것을 즐기며 장난치는 게 일상이었다.

게다가 그는 성적도 나빴다. 1학년 때부터 줄곧 저공비행이다. 어떻게 해결하려는 의지를 보인 적도 없다.

─시모야마는 원래 진지함과는 거리가 머니까, 상관없다, 이 녀석이 딱이다. 하면서 다들 신이 났어요.

크게 웃어대는 반 친구들을 말리던 미요시 준야도 포기해버렸고, 처음에는

─응, 내가 원래 그런 타입이잖냐. 고귀한 희생양이 되어주마.

하는 식으로 장단을 맞추던 시모야마 요헤이도 아이들이 잠잠해지기는커녕 조금 심하다 싶을 만큼 웃어대자

어느새 입을 다물어버렸다.

자정이 되었다. 히노 선생은 오지 않았다. 열두시 오분이 지나도 모습을 보이지 않았다.

—침낭에 들어가 있던 미요시가 그것 보라고, 역시 선생님이 농담한 거라고 하는데, 시모야마가 갑자기 벌떡 일어나더니 교실 밖으로 나갔어요.

다른 짐은 그대로 놔두고 스마트폰만 들고 나간 시모야마 요헤이는 곧장 출입문 밖으로 나가서—아니, 도망쳐서 엄마에게 전화를 걸었다.

사정이 밝혀지자 이번에는 학교 측이 새파랗게 질렸다. 히노 선생의 언동은 설령 진심이 아닐지라도 도가 지나쳤고, 진지한 의도였다면 더더욱 나쁘다.

그런데 정작 문제는 이때부터였다.

당사자인 히노 선생이 남학생 일곱 명과 여학생 두 명이 밝힌 일련의 사태를 모조리 부인한 것이다.

—나는 어젯밤 그런 짓을 하지 않았습니다. 모두 학생들이 꾸며낸 얘기예요. 애들이 왜 이렇게 새빨간 거짓말을 하는지 도무지 모르겠습니다.

그 역시 분노와 당황스러움에 낯빛이 달라져 호소했

다고 한다.

교실과 복도에는 CCTV가 없다. 문제의 시간대는 경비원의 순찰 시간도 아니었다. 2층 D반에 있던 여학생 여섯 명과 휴게실에 있던 아라이 선생은 경보가 울릴 때까지 전혀 상황을 몰랐다.

당사자인 히노 선생과 중등부 3학년 아홉 명 외에는 목격자가 없었다.

당사자들의 주장은 완전히 둘로 갈렸고, 어느 쪽도 물러서지 않았다. 학생들은 선생이 거짓말을 한다고 주장했고, 선생은 학생들이 미리 입을 맞춰 얼토당토않은 쇼를 하고 있다며 강경하게 맞섰다.

학교 측은 일단 히노 선생을 자택에 대기시켜 예의 아홉 학생과 격리한 후 신중하게 조사를 진행했다. 현명한 조치였다. 그런데 그는 멋대로 학교에 나와 교실로 들어오려 하거나, "직접 얼굴 보고 얘기하고 싶다"며 학생들의 집을 찾아가는 바람에 몇 번씩 학교와 보호자들과 갈등을 빚었다.

아무것도 해결되지 않은 채 보름 가까이 시간이 흐르자, 사건의 중심인 시모야마 부부는 히노 선생의 (부부

의 눈으로 볼 때는) 뻔뻔하고 반성의 기미가 없는 태도
와 그런 선생을 통제하지 못하는 학교 측의 소극적인 대
응을 더는 참을 수 없다며, 이 문제를 사학 총괄기관인
문부과학성*에 제소하겠다고 나섰다. 그렇게 되면 매스
컴에서 달려드는 것도 시간문제.

　당황한 학교 측은 중등부 교직원 회의에서 히노 선생
에게 무조건 사실을 인정하고 아홉 학생에게 사과한 뒤
삼 개월의 정직 처분을 받아들이라고 강요했다. 그러나
선생은 그 자리에서도 "모두 그 아홉 명이 꾸민 짓입니
다"라는 주장을 굽히지 않았다. 서로 흥분해서 격렬한
언쟁을 벌인 끝에 히노 선생은 이사이자 중등부장인 사
이키에게 주먹까지 휘두르고 말았다.

　사태가 이쯤 되자 학교 측은 긴급 이사회를 소집했다.
중등부뿐 아니라 세이카 학원 전체 차원에서 히노 선생
의 처분을 검토하고 만장일치로 결정을 내렸다. 징계해
고였다.

　물론 히노 다케시는 받아들이지 않았다. 나는 싸우겠
다. 법적으로 고소하겠다. '체험캠프 사건'은 날조다. 반

---

* 우리나라의 교육부에 해당한다.

드시 진실을 밝혀내겠다—라고.

"사노 하지메인가요?"

커피숍의 조용한 구석 자리에 앉자 후지노 변호사가 불쑥 입을 열었다.

"아니면 아키요시 쇼타나 다지마 마사야? 의지박약해서 주위에 휩쓸리기 쉬운 애들이죠."

나는 되물었다. "무슨 얘기죠?"

"무슨 얘기긴요, 스기무라 씨의 의뢰인 말이에요. 방금 말한 세 명의 보호자 아닌가요?"

"셋 다 체험캠프에 참가한 아이인가보군요."

"그중 한 명이 뒤늦게 동요하는 바람에, 불안해진 부모가 사실을 밝히기 위해—혹은 다른 학생들은 어떤지 캐보기 위해서일 수도 있지만, 어쨌거나 황급히 스기무라 씨를 고용했다. 아닌가요?"

나는 어깨를 으쓱했다. "글쎄요."

"아니면 나카무라 히데키. 무리짓기를 꺼리는 허세쟁이니까."

"흐음, 처음 듣는 얘기군요."

후지노 변호사의 한쪽 눈썹이 꿈틀했다.

"─미요시 준야나 모리모토 신고일 리는 없어요. 그 애들은 리더 격인데다 주모자 타입이니까. 시모야마 요헤이는 둘의 부하고."

이렇게 남학생 일곱 명의 이름이 모두 나왔다.

"그건 선생님의 판단입니까?"

후지노 변호사가 쓸쓸하게 웃었다. "히노 씨 의견이에요. 담임선생님의 안목이니 참고할 만하죠."

"그럼 선생님은 역시 히노 다케시 씨의 대리인이군요."

후지노 변호사가 아이스커피 잔에 빨대를 꽂고 얼음을 빙글빙글 돌렸다.

"히노 씨는 중등부장에게 폭력을 휘두른 것을 깊이 반성하고, 그 일로 해고 처분을 받는다면 어쩔 수 없다고 했어요. 그렇지만 체험캠프 사건은 인정할 수 없다더군요."

"새빨간 거짓말이다, 학생들끼리 짜고서 거짓말을 하는 거라고?"

후지노 변호사가 내 눈을 보며 고개를 끄덕였다.

"맞아요. 학교 측의 조사는 불충분했어요. 우리는 히노 씨의 대리인으로, 제3자 위원회에 의한 사건 재검증을 요청하고 교섭중이에요."

우리라. 히노 다케시에게 붙은 변호사는 그녀만이 아닌 듯했다.

"선생님 개인적으로는 어떻게 생각하십니까?"

"스기무라 씨 의견은요?"

"오늘 막 맡은 일인걸요."

"그래도 느낌 정도는 있으시겠죠. 개인적으로."

나에게 눈웃음을 건네고 아이스커피를 빨아 마신 후 지노 변호사가 문득 아차 하는 표정을 지었다.

"커피플로트*로 시킬걸."

테이블 구석에 사진이 붙은 메뉴판이 세워져 있었다. '여름 메뉴, 각종 플로트 아이스크림을 홈메이드로 만나보세요.'

나는 무심코 웃음이 터졌다. 한여름의 아이스크림이라. 딸아이가 퇴원하면 같이 먹으러 가볼까.

지난주 목요일 밤, 아키요시 쇼타는 어머니가 주치의

---

* 아이스크림이나 휘핑크림을 얹은 커피.

에게 처방받은 수면유도제를 있는 대로 긁어모아 삼켰다. 의사가 처방하는 수면유도제는 아무리 먹어도 생명에 지장이 없다. 그래서 최악의 사태는 일어나지 않았지만, 본인은 그 사실을 몰랐는지 제 방 책상 위에 부모님 앞으로 유서 같은 메모를 남겨놓았다.

'죄송해요. 더는 못 참겠어요.'

그후에도 우울함은 가시지 않은 듯하고, 왜 그런 짓을 했는지, 뭘 더는 못 참겠다는 건지 도통 말하려 들지 않는다. 어머니는 아들 걱정에 외출도 못한다. 그리고 아버지는 사실관계를 조사할 전문가를 수소문하다 내 사무실까지 오게 된 것이다.

아키요시 씨는 의심하고 있었다. 사실은 히노 선생의 주장이 진실이고, 쇼타가 반 친구들과 짜고 체험캠프 사건을 꾸며낸 게 아닐까. 그리고 뒤늦게 죄책감에 시달리는 게 아닐까.

—켕기는 구석이 없다면 쇼타가 그렇게까지 심각하게 고민할 리 없어요. 본래 태평하고 느긋한 성격이거든요.

누가 시켜서 억지로 거짓말을 하고 있는 건 아닐까. 그게 가장 걱정된다고 했다.

부인의 의견은 또 다르다. 쇼타가 사건의 PTSD(외상후 스트레스 장애)에 시달리는 거라 생각해 심리치료사를 찾고 있다고 한다.

"스기무라 씨?"

후지노 변호사가 미간을 찡그렸다. 나는 아이스크림 두 종류가 올라간 커피플로트 사진을 보면서 말했다.

"선생님은 그 아홉 명 중 누구라도 만나봤습니까?"

"안 만났어요."

못 만났어요, 라고 고쳐 말했다.

"어느 집이나 난공불락의 나바론 요새예요. 스기무라 씨도 고생 좀 하실 거예요. 아, 학교 측 방어도 견고하긴 마찬가지고요. 오늘 제가 무슨 일로 거기 간 줄 아세요?"

히노 선생의 근무기록표 사본을 받기 위해서라고 한다.

"근무평가도 아니고 단순한 근무기록표요. 그런데도 팩스나 우편으로는 힘드니 직접 가지러 와서 확인증을 쓰라는 거예요."

"선생님이 거북하겠죠."

"전부 이대로 덮어버리고 싶은 거예요."

"재검증이라니 당치않다, 눈 가리고 아웅 소리를 듣더라도 이대로 넘어가고 싶다는 뜻일까요."

"네, 맞아요."

불룩한 서류가방에서 지갑을 꺼낸 후지노 변호사가 아이스커피 값을 테이블에 내려놓았다.

내가 물었다. "선생님, 소박한 의문 하나 제기해도 될까요?"

"그러시죠."

"중학교 3학년들이 모여 이번 같은 사건을 꾸며내는 게 과연 가능할까요?"

"물론 가능하죠."

그녀의 미소가 왠지 대담하게 느껴졌다.

"의지가 강한 리더와 공통된 목적이 있다면, 어른들이 기겁할 만한 일도 거뜬히 해치우는 게 그 또래 아이들이에요. 중학교 3학년이라고 절대 만만하게 봐선 안 돼요, 스기무라 씨."

자리를 뜨려는 후지노 변호사를 다시 불러세웠다. "죄송합니다, 하나만 더."

그녀는 남학생 일곱 명의 이름은 꺼냈지만, 두 여학생
은 언급하지 않았다.

"제 의뢰인이 마에다 미노리나 이세 사오리의 보호자
일 거라는 생각은 안 하나요?"

"안 해요."

"왜요?"

"그애들은 무너지지 않아요. 실토하지도 고자질하지
도 않고, 부모 앞에서도 끝까지 연기할 거예요."

"어떻게 그렇게 단언할 수 있죠?"

후지노 변호사가 빙그레 웃었다.

"스기무라 씨, 사건 당일 그애들이 왜 남학생 교실에
있었는지 아세요?"

남자친구 때문이에요—

"마에다 미노리는 미요시 준야, 이세 사오리는 모리
모토 신고와 사귀고 있어요. 커플이죠. 설마하니 그애들
이 남자친구를 배신할까요."

나는 약간 눌리는 기분이었다. "남자친구가 자꾸 거
짓말하는 게 싫어서 고민할 수도 있을 것 같은데."

"천만에요. 그건 그애들의 감성에 어긋나요."

이만 실례할게요, 라는 말을 남기고 그녀는 경쾌한 구두 소리를 내며 커피숍을 나갔다.

사무실로 돌아오는 길에 아키요시 씨의 문자를 받았다. 세이카 학원 공식사이트, 학생회·학부모회·졸업생회 교유 사이트와 명단 등의 자료를 열람할 수 있는 ID와 비밀번호다. 오늘 아침 사무실에서 만났을 때는 바로 생각이 안 난다고 해서 나중에 알려달라고 부탁했던 터였다. 내게는 보물 가득한 산으로 들어가는 입산허가증인 셈이다.

그날 저녁까지 컴퓨터 앞에 앉아 관계자들의 증명사진을 보거나 메모를 하면서 시간을 보냈다. 그리고 여름날의 긴 해가 저물 무렵, 조사에 도움이 될 만한 실마리를 몇 가지 얻어냈다.

그중 하나는 체험캠프에 참가한 아홉 명 모두 과거에도 히노 선생이 담임이었던 적이 있다는 것이다.

히노 선생은 현 3학년이 1학년일 때는 D반, 2학년일 때는 C반 담임을 맡았다. 따라서 줄곧 D반이었던 아키요시 쇼타는 이번이 두번째다. 다른 일곱 명도 마찬가지로 1학년 D반이거나 2학년 C반이었다.

단 한 사람만 예외였다. 미요시 준야. 그는 1학년 D반, 2학년 C반을 거쳐 현재 3학년 D반이니 히노 선생과 완벽하게 일치한다.

후지노 변호사는 이 사실을 알아챘을까.

3

히노 다케시의 집은 니시도쿄 시 북부에 있다. 전철역에서 다시 버스를 타고 십여 분. 주택 전시장인가 싶을 만큼 줄줄이 분양주택이 늘어선 거리의 한 모퉁이였다.

일요일 오전이라 집집마다 사람들이 나와 제각기 뭔가를 하고 있었다. 세차를 하고, 정원을 돌보고, 아이와 함께 캐치볼을 하고. 비닐 풀장에서 물놀이를 시키는 집도 보였다. 떠들썩한 환호성이 들렸다.

집은 2층 건물이고 현관 옆에 간이차고가 있는 구조였다. 지금은 차 대신 티셔츠에 반바지 차림의 소년이 여기저기 녹이 슨 낡은 자전거를 눕혀놓고 손보는 중이었다. 그 옆에는 갖가지 공구와 기름통, 스프레이 등이 든 공구상자가 놓여 있었다.

자전거는 손질보다 정비라는 말이 어울릴 만한 상태였다. 운전대와 안장은 벌써 떼어냈고, 지금 막 체인을 빼내려는 참이다. 열두세 살로 보이는 소년은 인생의 절반을 이미 자전거 정비에 바친 게 아닐까 싶을 만큼 손놀림이 능숙했다.

현관문이 열리고 흰색 티셔츠에 에스닉 무늬 긴치마를 입은 여자가 나왔다. 계단을 가뿐하게 내려오더니 차고에 있는 자전거 정비공에게 말을 건넸다.

"어때? 고쳐질 것 같니?"

빼낸 체인을 조심스럽게 감으면서 소년이 "응" 하고 대답했다.

"아이스크림 만들고 있어. 점심 먹고 후식으로 먹자."

"초코칩 너무 많이 넣지 마."

"알았어."

웃으며 고개를 끄덕인 여자가 내 존재를 알아챘다. 나는 가볍게 고개 숙여 인사를 했다. 오늘도 넥타이는 매지 않았지만 여름 양복을 챙겨입고 온 참이다.

대문 옆 문패에는 이렇게 쓰여 있었다.

'히노 다케시·에이코·이쿠시.'

"─누구시죠?"

둥그스름하고 상냥한 인상의 히노 부인은, 건드리면 물어버리는 작은 짐승이라도 보는 눈길로 내가 내민 명함을 살펴보았다.

"남편은 보름 전쯤부터 고이시카와에 있는 시댁에 가 있어요. 그쪽이 여러모로 편해서."

집안은 딱 편안하게 느껴질 만큼 어수선했다.

문전박대를 각오했는데 뜻밖에도 히노 부인은 바로 거실로 들여주었다. 게다가 또 한 가지 예상과 다른 점이 있었다.

체험캠프 사건은 학교에서 애쓴 덕분인지 매스컴에서 낌새를 채지도 못했고 인터넷상에 오르내리는 일도 없었다. 당사자들은 입을 굳게 다물었고, 아키요시 씨 말에 따르면 중등부가 아닌 학생들도,

─사립학교의 경우는 학교에서 불상사가 생기면 자기들 진학이나 취업에 영향이 있다고 생각하니, 트위터 같

은 데다 경솔하게 떠들거나 하지 않아요.

그 결과 히노 씨 가족들은 세간의 이목이라는, 눈에 보이지 않는 대군의 공격을 피할 수 있었다. 그러나 부부 사이나 가정 내의 불안과 걱정은 그것과 또다른 문제이리라.

그런데도 내게 보리차를 내주는 히노 부인에게서는 고뇌의 흔적을 엿볼 수 없었다. 치마 허리춤이 헐렁한 걸 보면 살이 조금 내렸는지 모르지만 눈동자가 맑고 입가의 주름도 두드러지지 않았다.

"편하다는 건 학교와의 교섭 말씀인가요?"

"그것도 있지만, 일단은 일자리부터."

부인이 조금 거북한 미소를 지었다. "쉽진 않은 모양인데, 직업이 없으면 남 보기 부끄럽다며 열심히 찾는 중이에요."

"세이카 학원에 복직할 의향은 없으신가요?"

"이사 선생님을 때렸으니 이제 힘들겠죠. 남편은 단지 그 캠프 사건의 진상을 밝히고 싶은 것뿐이에요."

내가 고개를 끄덕이자 부인이 조심스러운 눈빛을 띠었다. "스기무라 씨는 간노 선생님 사무실에서 나오신

분 아닌가요?"

"간노 선생님?"

"변호사 선생님이요. 조난 공동법률사무소."

"남편께서 학교 측과의 교섭을 의뢰한 곳인가요?"

"네. 저는 찾아뵌 적 없지만."

"후지노라는 여자 변호사님은 저도 만났습니다."

"아아, 후지노 선생님."

히노 부인의 입가에 미소가 감돌았다.

"저도 한 번 만나뵀어요. 그분은 간노 선생님을 보좌하고 계세요."

그래서 '우리' 자격으로 근무기록표를 받으러 갔었군.

"그렇군요. 그런데 저는 조난 공동법률사무소와 관계없습니다. 전혀 다른 분의 의뢰로 일하고 있습니다."

"그렇다면…… 혹시 그 학생들인가요?"

"아니요. 제 의뢰인은 체험캠프 사건 당사자가 아니라, 그저 그 사건의 진상을 알고 싶어하는 인물입니다."

이 정도 거짓말은 이제 껄끄럽지 않다. 처음 일 년은 혀끝에 거짓말이 걸렸다. 그다음 일 년은 코끝에서 거짓말이 냄새를 풍기는 기분이었다. 지금은 아무 느낌도 없다.

히노 부인의 어깨가 처졌다. "그럼 아마 같은 반 학생들인가보네요. 참…… 일이 커져서 면목없어요."

"남편께서도 그 학생들에게 마음이 쓰이실 테죠."

부인의 대답은 한 호흡 정도 늦었다.

"그건, 네, 남편도 물론."

현관문이 열리고 말소리가 들렸다. 히노 씨, 안녕하세요? 엄마, 가네다 아저씨 오셨어요.

"나가보시죠."

내가 권하자 부인이 문 쪽으로 나갔다. 밝은 대화 소리가 들려왔다. 가네다 씨라는 손님은 나이 지긋한 남자인 듯했다. 귀가 잘 안 들리는지 목소리가 컸다.

나는 살며시 옆으로 움직여 벽에 걸린 액자들을 살펴보았다. 카비네판 액자. 스냅사진을 여러 개 넣어둔 액자. 조금 오래된 것부터 새것까지 다양했다.

히노 다케시의 대학 시절로 보이는 사진. 축구장에서 열한 명이 한데 모여 찍은 기념사진이다. 그는 골키퍼였던 모양이다. 세이카 학원 건물 정면을 찍은 사진. 새내기 교사가 선배들 틈에 끼어 약간 긴장한 듯 웃고 있다.

학생들과 찍은 사진도 많았다. 반 단체사진. 수학여행

이나 축제 때 찍은 스냅사진. 그는 각종 특별활동부 지도도 맡았던 모양이다. 농구부, 연식야구부, 라크로스부, 똑같은 무대의상을 맞춰입은 브라스밴드 단원들. 사진 속 얼굴은 하나같이 웃고 있고, 우승 깃발이나 트로피, 상장을 든 학생들의 모습이 눈에 띄었다.

가족사진은 없나. 놀이터 모래밭에서 노는 세 살배기 남자아이 사진. 이쿠시겠지. 해수욕장에서 수영복 차림의 이쿠시와 히노 부인이 손을 맞잡고 있는 스냅사진도 있었다.

세 가족이 함께 찍은 사진은 한 장뿐이었다. 히노 다케시가 현관문 앞에 서서 한 계단 아래 선 이쿠시의 어깨에 양손을 얹고 있다. 히노 에이코는 이쿠시의 발치에 앉아 무릎 위에 손을 모으고 카메라를 향해 조심스럽게 미소짓고 있다. 이쿠시는 지금보다 훨씬 작아 보인다. 이 집을 샀을 때 기념으로 찍은 사진일 수도 있겠다.

"그럼 이만 실례하겠습니다. 이쿠시, 잘 부탁한다."

가네다 씨가 나가고 현관문이 닫혔다. 히노 부인이 큼지막한 수박을 들고 돌아왔다.

"죄송해요. 이웃분이 오셔서."

온화한 미소가 깃든 눈빛이었다.

"이쿠시가 자전거를 수리해주기로 해서 인사차 오셨다네요."

"저도 아까 보고 감탄했습니다. 손재주가 좋나봐요."

"저렇게 꼼꼼하게 뭘 만지는 걸 좋아해요."

"저는 워낙 손재주가 없는지라 부러울 뿐입니다. 지금 몇 살이죠?"

"6학년이에요."

"야무지네요."

"가네다 씨는 저 자전거를 벌써 삼십 년 넘게 타셨다나봐요. 역 앞 자전거가게에 갔더니 새로 사는 게 싸겠다고 해서 역정만 내셨대요. 그래서 이쿠시가 한번 고쳐보기로 한 거예요."

상황과 상대가 어떻든, 어머니는 자식이 칭찬받으면 흐뭇한 마음에 말이 많아진다.

"착한 아이군요."

나는 자리에서 일어섰다. "불쑥 찾아와서 죄송했습니다. 이만 가보죠. 혹시 고이시카와에 있는 시댁의 주소나 전화번호를 알려주실 수 있을까요?"

"남편을 만나시게요?"

"네. 선생님이 건강하게 잘 지내고 계신지, 무슨 곤란한 일은 없는지, 제 의뢰인이 걱정하셔서요."

부인의 표정이 미묘하게 달라졌다.

"그랬군요. 고맙습니다."

조금 전에 본 사진에서처럼 조심스러운 미소다.

"남편이 학생들에게 인기가 많긴 했지만, 이런 일이 생겼는데도 여전히 걱정해주신다니, 감사한 일이네요."

밖으로 나오니 이쿠시는 작은 솔을 들고 자전거 체인이 맞물리는 톱니바퀴를 정성스레 닦아내는 중이었다.

"실례했다."

말을 건네자 소년이 손길을 멈추고 꾸벅 고개를 숙였다. 나는 차고로 내려가 그의 작업현장을 들여다보았다. 부인은 현관 앞에서 이쪽을 보고 있었다.

"그 자전거, 뭐가 문제니?"

"달릴 때 안장이 덜컹거리고, 체인이 금방 느슨해져 빠져버려요."

"그럼 위험하겠는데."

"브레이크도 괴수 울음소리처럼 시끄럽대요."

"괴수라."

가까이서 보니 꼬마 정비공이 사용하는 공구상자는 재활용한 것이었다. 비닐에 싸인 A4 크기 합성수지 소재 상자다. 상표 이름과 스포츠카 일러스트가 찍혀 있지만 손길에 닳아서 잘 보이지 않았다.

"이쿠시, 뭐 하나 물어봐도 될까?"

부인이 살짝 놀랐다.

이쿠시가 눈이 부신 듯 나를 올려다보았다. "뭔데요?"

"아저씨랑 아저씨 딸은 초코칩 아이스크림을 무척 좋아하거든. 넌 싫니?"

이쿠시가 수줍은 듯 웃었다. "초코칩이 들어가면 까칠까칠해서요."

"흐음, 그렇긴 하지."

어머니와 아들에게 인사하고 자리를 떴다. 짧은 시간이었지만 수확은 충분했다.

히노 부인과 이쿠시는 남편이자 아버지인 다케시의 존재 없이도 평화롭게 생활하고 있다. '오히려 더 평화롭게'라고 단언하기는 아직 성급하지만, 어쨌거나 편안하고 안정적으로 보이는 엄마와 아들의 미소는 벽에 걸린 사진들이 말하는 바를 뒷받침해주는 강력한 방증이었다.

가족이 모이고 손님이 앉는 거실 벽에 가족사진이라고는 달랑 한 장이다.

부부 단둘이 찍은 사진도 없다. 가족여행 사진도 없다. 크리스마스나 설날 사진도 없다.

이쿠시의 최근 사진도 없었다. 히노 선생과 세이카 학원 학생들이 함께한 시간을 보여주는 사진은 몇 장이나 있는데, 이쿠시의 성장과정을 담은 사진은 없었다.

그리고 히노 에이코의 독사진 역시 없었다. 그녀가 가족 아닌 다른 사람—친구나 동료 같은 제삼자와 찍은 사진도 없다.

그 집에서는 왜곡이 느껴졌다.

학교 의사 오가와 씨는 도내에 있는 자택에서 내과의원을 운영하고 있었다. 전화를 걸자 본인이 직접 받았다. 딱히 수상쩍게 여기는 기색 없이 흔쾌히 면담을 승낙했다.

빡빡머리에 혈색이 좋고 쾌활해 보이는 사람이었다.

골프를 즐기는지 피부가 가무잡잡하게 그을렸다. 입고 있는 폴로셔츠도 골프웨어다.

"여기가 가장 조용해서요."

안내받은 곳은 병원 대기실이었다.

"세이카 학원에 상근하시는 건 아니군요."

"학교에서 의사가 할 일이 그렇게 많으면 곤란하죠."

의사는 씁쓸하게 웃었다.

"평소에는 보건선생님으로 충분해요. 난 행사가 있거나 수학여행 갈 때나 따라가고요. 전체 회의에 참석하고, 이런저런 친목회나 모임에 불려가긴 하지만."

"그럼 여긴?"

"아들이 있어요."

아닌 게 아니라 대기실 벽에는 의사 자격증 액자가 두 개 걸려 있었다.

"댁이 다섯번째예요."

뭐라고 말을 꺼내기 전에 의사가 먼저 허심탄회한 투로 말문을 열었다.

"그 말씀은?"

"세이카 학원이 이대로 괜찮을지, 중등부 학부모님들

이 걱정이 많잖소. 내 얘기를 들으러 찾아와요. 학교에서 하는 말을 곧이곧대로 믿으려니 불안한가보죠."

세이카 학원은 체험캠프 사건과 이후 히노 선생의 파면에 대해 공식적으로는 '행사시의 학생 건강사고와 그에 대한 처분'이라 발표했고, 중등부 부장과 교무주임도 이사회에서 견책과 삼 개월 감봉 처분을 받은 것으로 알려졌다.

'건강사고'라는 표현은 난생처음 들었다. 사건에 대해 자세히 모르는 중등부 보호자들도 아마 그럴 것이다. 분명 수상쩍은 구석이 있다.

"네, 실은 선생님 말씀이 맞습니다."

"댁의 자녀분은 몇 학년이죠?"

나는 의사의 지레짐작에 장단을 맞췄다.

"1학년입니다. 입학시험 준비하느라 정말 힘들었어요. 그렇게 고생해서 사립학교에 들어왔으니, 혹시 모를 불안 요소를 없애고 싶어서요."

이해합니다, 이해하고말고요. 의사가 진지하게 고개를 끄덕였다.

"나는 그 학교에서 이십 년—아니, 이제 이십일 년째

인가. 하여튼 그동안 쭉 학교 의사로 일해왔어요. 웬만한 선생님들보다 오래됐죠."

"게다가 체험캠프 사건 당사자 중 한 분이시고요."

서글서글하던 의사가 달갑지 않은 듯 약간 얼굴을 찡그렸다.

"그런 표현은 삼가주세요. 나는 그날 밤 소동이 일어난 자리에 없었으니까. 그건 히노 선생의 실책이에요."

오가와 의사는 체험캠프 사건 자체에 의혹을 품고 있지는 않은 모양이다.

"그날 캠프 시작 전 학생들 건강진단을 하셨죠?"

"간단한 문진이었어요."

"그때는 아무도 문제가 없었습니까?"

"네, 다들 건강했어요."

"긴장한 기색은 없었나요? 체험캠프는 다른 학교에서 전례가 없는 행사인데요."

"하긴, 공립학교에서는 하기 힘들겠죠."

"우리 애도 벌써부터 겁을 먹고 있는데, 생각보다 힘들거나 하진 않나요?"

오가와 의사의 눈이 휘둥그레졌다. "한여름이나 한겨

울에 냉난방 없이 강행하는 게 아닌걸요. 지금까지 누가 다치거나 병이 난 적도 없고."

"하지만 부모인 저도 교실 바닥에 누워서 하룻밤 보낸다고 생각하면 솔직히 좀 망설여지는데요."

"나는 어릴 때 태풍으로 가까운 절에 피난 가서 밤을 보낸 적이 있습니다. 그건 진짜 재해였으니 당연히 무서웠죠. 그렇지만 이건 말 그대로 체험이니까요."

"오히려 스릴 있고 두근거릴 만한 일일까요?"

"흐음, 그거야 개개인이 어떻게 받아들이느냐에 따라 다르겠죠. 어쨌든 체험캠프는 이제 안 하기로 했으니 걱정할 것 없어요."

그러니 만사 해결이라는 표정이었다.

"선생님이 보시기에 히노 선생님은 어떤 사람이었나요?"

의사는 한순간 말문이 막혔다. "이미 그만두신 분이에요."

"원래도 다혈질인 편이었나요? 사건 후 교직원 회의에서 옥신각신하다가 중등부장 사이키 씨를 때렸다면서요? 실은 그것이 파면의 직접적인 원인이라는 소문도 있던데."

허물없던 의사의 표정이 순식간에 굳었다.

"어라, 그 일까지 알아요? 그럼 굳이 나를 찾아와 물을 것도 없을 텐데."

나는 어색하게 웃었다. "죄송합니다. 하지만 이런 유의 정보는 왜곡되기 십상이니까요."

의사는 코밑을 슬쩍 문지르고 입을 내밀었다. "주먹다짐이 벌어진 건 사실이에요. 그런데 그 둘은 워낙에도 이래저래 복잡해서요."

"네? 이래저래?"

달리 누가 있는 것도 아닌데 의사는 내 쪽으로 살짝 몸을 내밀며 목소리를 낮췄다.

"히노 선생은 사이키 씨와 잘 안 맞았어요. 서로 싫어했죠. 뭐, 그러던 게 예의 사건으로 폭발한 셈이지."

"뭐가 문제였을까요?"

"사이키 씨는 툭하면 히노 선생이 시건방지다고 했어요. 아무튼 둘이 영 안 맞았어."

교직원 프로필에 따르면 히노 다케시가 세이카 학원 중등부 교사로 채용된 것은 딱 십 년 전인 2001년 4월이다. 사이키 중등부장은 2008년 4월, 학교법인 세이카 학원 사무국장에서 중등부장으로 자리를 옮겼다.

말하자면 사무 분야의 관리자지 교육자가 아닌데도 '교장'이 된 셈이다. 이것 역시 사립학교라 가능한 일이리라. 나는 슬쩍 떠보기로 했다.

"히노 선생님 입장에서는 교단에 제대로 선 적도 없는 사람이 중등부 수장이 되는 게 달갑지 않았나보죠?"

"그렇지, 네. 바로 그거예요."

의사가 시원하게 인정했다.

"그 사람은 열혈 교사였으니까. 직접 몸으로 부딪치는 행동파였지. 그래서 학생들이 많이 따랐어요. 보호자 중에서도 열광적인 지지자가 있었고."

그만큼 다른 한쪽에서는 미움을 받았대도 이상할 게 없다. 상사든, 보호자든, 반 학생이든.

"특별활동부 지도로도 눈부신 성과를 많이 거뒀다고 들었습니다."

"열심이었죠. 그 사람 젊은 시절 아킬레스건이 파열됐다나 어쨌다나 해서 격렬한 운동은 할 수 없었어요. 그래도 지도는 가능하니까."

"호오. 문무를 겸비한 분이었군요. 브라스밴드부가 무슨 큰 대회에서 우승한 적도 있었죠?"

의사가 재미있다는 듯 웃었다. "당신, 나보다도 구식이네. 자녀분한테 물어보세요. 그건 브라스밴드가 아니에요. 마칭밴드라고 하죠."

"네?"

"악기를 들고 연주하면서 행진하거나 춤을 추는 퍼포먼스를 하는 거예요. 운동부랑 거의 다를 게 없어요."

그랬군.

"뭐 그렇게 상을 받은 것도 벌써 삼사 년 전이고, 요즘은 학업 지도만으로 벅차다고 푸념하더군요."

최근 삼 년간 D반, C반, D반 담임이었다. 즉 세이카 학원에서 하위 성적의 학생들만 맡아왔다는 뜻이다.

"사건이 일어난 것도 3학년 D반이죠?"

"회의에서 그 반 보충학습 얘기를 종종 했어요."

"히노 선생님은 뭔가 뜻하신 바가 있어서 그쪽을 자진하신 건가요? 으음, 말하자면—공부 쪽이 조금 떨어지는 학생들을 지도하겠다거나."

오가와 의사는 "흐음" 하며 팔짱을 끼었다. "나도 딱히 친했던 사이는 아니라서요."

그런 것치고는 지금까지 제법 히노 선생에게 호의적이다.

"다만―그래요, 히노 선생은 재혼하면서 부인이 데려온 아이를 키우고 있었으니 아무래도 생각이 많지 않았을까요? 술자리에서 언뜻 그런 얘기를 비친 기억이 나는데."

나는 "아아, 그렇겠군요" 하고 얼버무렸다. 표정은 변하지 않았을 것이다. 실제로도 크게 놀라지는 않았다.

그래도 어설픈 연기는 되도록 빨리 접는 게 좋다.

"알겠습니다. 일요일에 불쑥 찾아와서 죄송했습니다."

"도움이 됐습니까?"

"네, 충분합니다. 참, 그런데 선생님."

나는 슬리퍼를 벗어 가지런히 모아두며 덧붙이듯 물었다. "그동안 교사의 체벌에 대해 들으신 얘기는 없습니까?"

"그게 무슨 소리요?"

오가와 의사가 눈을 부릅뜨나 싶더니 표정과 말투가

딱딱해졌다.

"체벌이라니 가당키나 한 얘기요? 당신, 정말 학생 보호자 맞소?"

"없나보군요. 이거 정말 실례가 많았습니다."

서둘러 밖으로 나와 역까지 가서 아키요시 씨에게 전화를 걸었다.

"갑작스러운 얘기지만, 히노 선생님이 재혼했고, 부인이 데려온 아이를 키우고 있다는 사실을 아셨습니까?"

아키요시 씨는 좀 전의 나보다는 더 놀란 것 같았다. "저는 모릅니다. 아내에게 물어볼 테니 잠깐 기다려주십시오."

잠시 후 돌아온 아키요시 씨가 실무에 밝은 사람답게 확인차 물었다. "히노 선생님 부인이 아이를 데려왔다면, 부인도 재혼이라는 뜻이겠죠?"

"대개 그렇겠지만, 미혼모였을 수도 있겠죠."

"아, 그렇지. 으음, 어쨌거나 제 아내는 히노 선생님이 한 번 이혼했었다는 건 알고 있더군요. 비교적 잘 알려진 얘기라고 합니다."

그렇다면 히노 다케시가 어떤 계기로든 자기 입으로 학생들에게 말했을 가능성이 높다. 몸으로 부딪치는 행동파 교사라지 않았나. 단 한 번의 실패로 인생을 포기해선 안 된다. 나도 결혼에 한 번 실패했지만 지금은 이렇게 행복하지 않냐 운운.

"스기무라 씨, 그게 이번 사건과 무슨 관계라도 있습니까?"

"모르겠습니다. 하지만 이런 정보는 참고하면 좋죠."

"그럼 추가정보를 드리죠. 히노 선생님은 지금의 부인과 대학교 은사의 소개로 만났나봅니다. 작년 봄 학부모 친목회에서 아내가 선생님에게 직접 들은 얘기라고 하니 틀림없을 겁니다."

나는 감사인사를 하고 전화를 끊었다. 다음 주자는 노트북컴퓨터다.

아키요시 씨의 ID와 패스워드로 조회할 수 있는 교직원 명단은 해마다 갱신되는 듯했지만, 세이카 학원 교우회 '연감'에는 과거 이십 년간의 교직원과 재학생 명단 및 주소록이 당시 상태 그대로 실려 있었다. 그것을 살펴보다가 흥미로운 사실을 하나 깨달았다.

삼 년 전 연감에 히노 다케시의 주소는 분쿄 구 고이시카와, 즉 히노 부인이 알려준 '시댁'으로 되어 있었다. 그로부터 사 년을 더 거슬러올라가자 스기나미 구 에이사이초에 위치한 맨션 304호라는 주소가 실려 있었다.

요컨대 이런 얘기다. 십 년 전 세이카 학원에 들어왔을 당시 히노 다케시는 스기나미 구 에이사이초의 맨션에서, 짐작건대 전처와 가정을 꾸리고 있었다. 그러다 부모님 집으로 한 번 주소를 옮겼다. 이때 전처와 이혼한 것인지, 전처와 함께 부모님을 모시고 살다가 이혼했는지는 알 수 없다.

어찌됐든 삼 년 전까지는 고이시카와의 부모님 집에 살았고, 그후 지금의 니시도쿄 시로 옮겼다. 이것은 에이코와 재혼해 이쿠시와 셋이 살 집을 장만해서라고 보는 것이 거의 확실할 것이다.

이삼년 전이면 이쿠시는 여덟아홉 살이다. 집 거실에 걸려 있던 유일한 가족사진, 내 집 마련 기념으로 현관 앞에서 찍은 듯한 스냅사진 속 아이가 지금보다 훨씬 작아 보이는 것과도 맞아떨어진다.

부부의 결혼생활이 끝났을 때, 그때까지 같이 살던 집

에 둘 중 한쪽이 그대로 남는 경우가 없지는 않다. 이사하기 귀찮다거나 집이 마음에 든다거나 경제적인 사정이 있다거나 학령기 아이를 전학시키기 꺼려진다거나, 이유는 여러 가지다.

히노 다케시의 전처와 (만약 있다면) 둘의 아이가 지금도 스기나미 구 에이사이초의 맨션에 살고 있을 가능성은 높지 않지만, 한번 내기를 걸어보지도 않고 그냥 넘어가기는 아깝다.

결과적으로 나는 그 내기에 졌다. 예의 맨션의 304호 인터폰을 누르자, 일요일 오후인데도 막 잠에서 깬 듯한 젊은 남자의 목소리가 들렸기 때문이다.

그런데 그가 흥미로운 소리를 했다. "지난주였나. 그때도 전에 여기 살던 히노 씨인지 기노 씨인지를 찾는다는 사람이 왔었는데."

변호사라고 밝혔다 한다.

"혹시 뭐 생각나는 게 있으면 연락해달라며 명함을 주고 갔어요."

"그 명함, 아직 갖고 계십니까?"

"—잠깐만요."

인터폰에서는 그뒤로 이렇다 할 대꾸가 없었지만, 이삼 분 지나자 늘어진 운동복을 입은 젊은이가 비치샌들을 끌며 로비로 내려왔다.

"벨 누르신 분인가요?"

"네, 그렇습니다."

"여기 명함요. 무슨 일인지 모르겠지만 가지고 있기도 찝찝하니까 드릴게요."

이런 일도 있으니, 기회가 생기면 내기를 걸어보라는 것이다.

조난 공동법률사무소, 변호사, 후지노 료코.

"네, 후지노입니다."

전화기 주위로 부산한 생활소음이 들렸다. 사람 목소리도 섞여 있다.

"선생님, 스기무라입니다. 세이카 학원 앞에서 선생님에게 붙잡혔던 사립탐정요. 기억나십니까?"

놀란 모양이다. 잠시 침묵이 흘렀다.

"—무슨 용건이죠?"

"다행이다, 기억하고 계셨군요."

"일요일이에요, 스기무라 씨. 변호사도 일요일에는 쉰다고요. 사립탐정은 안 쉬나요?"

"영세하잖습니까. 그나저나 선생님, 휴대전화 번호가 적힌 명함은 아무데나 뿌리지 않는 게 좋겠는데요."

"업무용과 개인용이 따로 있으니 걱정 마시죠."

그렇다면 지난번에 나한테도 명함을 줘도 됐을 것을.

"제 명함을 어디서 구하셨죠? 그리고 용건은요?"

한두 마디 더 뜸을 들이며 놀려줄까 했지만, 등뒤로 들리는 생활소음에 간지럼을 타는 듯한 어린아이의 웃음소리가 섞여서 그만두었다.

"가족과의 시간을 방해해서 죄송합니다."

후지노 변호사가 "흠" 하고 콧소리를 냈다. "잠깐 자리 좀 옮길게요."

주위의 소음이 사라졌다.

"전화하신 이유는?"

"왜 히노 다케시 씨의 전처를 찾으시죠? 목적을 여쭙는 게 아닙니다. 선생님은 히노 씨한테 직접 물어보는 편이 빠르지 않나 해서요."

"스기무라 씨는 왜 히노 씨의 전 부인을 찾으시죠?"

"그 사람의 지금 가정이 원만해 보이지 않아서, 예전 가정은 어땠는지, 왜 이혼했는지 알고 싶어서요."

"히노 씨 사생활은 체험캠프 사건과 관계없잖아요."

"제 생각은 다릅니다. 선생도 인간이니, 학생이라는 살아 있는 인간을 상대하다보면 교육자의 얼굴 아래 본래 있던 인격이 드러나기도 하겠죠. 그것이 학생들의 공감을 불러오거나 반발을 초래할 테고요. 그래서 생활인으로서 그의 모습은 어떤지 알고 싶은 겁니다."

후지노 변호사는 입을 다물었다. 내가 말을 이었다.

"아무리 평소 불화가 있었다 해도 회의 석상에서 발끈해 상사를 구타하는 폭력적인 남자라면, 비슷한 상황에서 아내를 때릴 수도 있습니다. 아이를 때릴 수도 있고. 그리고 교사라면 학생도 때릴 수 있어요."

"체벌을 의심하신다면 잘못 짚었어요."

"요즘 교사는 엄격한 감시를 받으니까요. 하지만 폭력적인 인간이라고 꼭 피를 보길 좋아하는 건 아니죠. 상대를 굴복시키고 지배할 수 있다면 만족해요. 물리적인 폭력은 그러기 위한 하나의 수단일 뿐이고."

"심리학자 같은 말씀을 하시네요."

"필요하다면 무슨 말이든 할 수 있습니다."

사립탐정 간판을 내걸 때부터 각오했던 바다.

"히노 다케시가 가정에서 그런 남자라면, 교실에서도 그런 교사일지 모르죠. 그래서 3학년 D반 학생들의 원성을 산 탓에 이번 사건에 말려들었는지도 모릅니다. 선생님은 그렇게 생각하지 않나요?"

이번에는 콧숨이 아니라 한숨 소리가 들렸다.

"제가 히노 씨 몰래 전 부인의 소식을 알아보는 이유는, 직접 물으면 왜 그런 걸 알려 드느냐고 나오는 통에 일만 꼬이기 때문이에요."

"네, 그렇겠죠."

"스기무라 씨 말씀대로 저 역시 히노 씨의 평소 언동이나 학급 운영에 강압적인 면이 있지 않았나 의심하고 있어요. 교사로서의 능력이 아니라, 기질이나 성격 문제—그런 것이 이번 사건의 근본적인 원인이 아닐까 하고요. 그건 히노 씨 본인이나 자기편 사람에게 물어봐서는 알 수 없으니까요."

함정에 빠졌다고 호소하는 피해자의 결백을 입증하려면 왜 그런 함정이 생겼는지 이유를 찾아내야 한다. 따

라서 필연적으로 피해자가 꺼릴 만할 사실을 들춰내게
된다.

"선생님, 저와 손잡으시겠습니까?"

"네?"

"저는 내일 D반 학생들을 만날 생각이에요."

"어려울 거라고 말씀드렸을 텐데요."

"선생님 입장에서는 어렵겠죠. 하지만 저는 히노 선
생님 편이 아니잖습니까. 게다가 제가 만나보려는 건 체
험캠프 사건의 당사자가 아니에요. 캠프에 아예 참가하
지 않은 나머지 D반 학생 여섯 명이죠."

"─왜죠?"

"입을 맞춰서 그런 계획을 꾸며내기란 즉흥적으로는
불가능해요. 아홉 명은 미리부터 준비했을 게 틀림없어
요. 그 과정에서 계획에 협조하지 않을 성싶은 모범생이
나 겁먹고 고자질할 것 같은 아이들은 배제시키기도 했을
겁니다. 그러니 참가하지 않은 여섯 명이 열쇠인 거죠."

후지노 변호사는 다시 침묵했다. 이번에는 깊은 생각
에 잠긴 듯한 무게감이 느껴졌다.

"저는 학생들에게 부딪쳐보겠습니다. 선생님은 지금

처럼 히노 씨 주변 조사를 맡아주십시오. 그리고 얻어낸 정보를 교환하고요. 어때요?"

거기까지 말하고 숨을 돌렸다가 나는 귀를 의심했다. 수화기 너머에서 어렴풋하지만 분명하게, "젠장!" 하는 욕설이 들려왔기 때문이다.

"알았어요. 거래를 받아들이죠."

후지노 변호사의 콧숨 소리가 살짝 거칠어졌다.

"불필요한 수고를 덜기 위해 이쪽 정보부터 알려드릴게요. 히노 씨의 전 부인과는 연락이 닿았어요. 그의 대학교 후배예요. 결혼생활은 사 년쯤 했고, 이혼 사유는 소위 말하는 '성격 차이'라더군요."

부부 사이에 폭력은 없었다고 한다.

"손찌검을 한 적은 한 번도 없대요. 그러나 자잘한 다툼은 끊이지 않았다, 히노 씨가 자기 사회생활과 인간관계에 간섭하고 자꾸만 가르치려 들어서라더군요. 어디까지나 그분 주장입니다만."

후배이자 아내를 지배하고 제 가르침에 따르기를 강요한, 막무가내식 행동파 열혈 교사라.

"대학교 후배란 말이죠." 내가 말했다. "지금 부인인 에이코 씨와도 대학교 은사의 소개로 만났다던데."

선후배 등의 인간관계, 상하관계를 중시하는 남자다. 마음에 안 드는 교장을 때리긴 했지만.

"그런 얘기는 어디서 들었어요?"

"그런 얘기를 캐내는 게 제 일 아닙니까. 그럼 선생님, 내일부터 잘 부탁드립니다."

그러나 이때 내가 말한 의미의 '내일'은 오지 않았다. 새벽 다섯시쯤 아키요시 씨의 전화를 받고 억지로 일어나야 했기 때문이다.

"쇼타가 없어요!"

부들부들 떨리는 목소리였다.

"밤중에 가출했나봐요. 이번에는 메모도 안 보여요."

4

수화기 너머 후지노 변호사의 목소리는 차분했다.

"아키요시의 부모님은 지금 어쩌고 계시죠?"

"짚이는 데는 모조리 전화를 걸고 있어요."

—자살미수 뒤에 가출한 거잖아요! 이번에는 정말로 방해받지 않을 곳에서 죽으려는 건지도 몰라요.

"수색 요청은?"

"아직 안 했습니다."

당장 경찰에 신고하겠다기에 먼저 친구들에게 연락해보라고 내가 말렸던 것이다.

"그럼 서두르죠."

미요시 준야의 집으로 가자고 했다.

"이번 일에선 그애가 리더니까."

나 역시 심정적으로 궁지에 몰린 아키요시 쇼타가 매달릴 상대는 아마 미요시 준야가 아닐까 짐작했지만, 그래도 이렇게 묻지 않을 수 없었다.

"그런데 집에 있을까요? 부모의 눈이 닿지 않는 데로 가지 싶은데."

"미요시는 집에서도 부모의 눈이 닿지 않아요."

미요시 준야는 아버지와 단둘이 산다고 했다.

"아버지가 워낙 바빠서 집에는 거의 잠만 자러 오는 것 같아요. 매해 4월에 하는 가정방문 때도 가사도우미밖에 없었대요."

—이래서야 무슨 대화를 하나.

히노 다케시가 그렇게 말하며 웃었다고 한다.

"부담임 아라이 선생님이 아무래도 걱정돼서 몇 번 찾아간 모양인데, 역시나 가사도우미 얼굴밖에 못 봤죠. 다행히 좋은 사람 같다고는 하는데. 그나마도 정해진 요일에만 오니까 실상은 미요시 혼자 사는 셈이에요."

아키요시 쇼타를 숨기고 하룻밤 재워주는 정도는 식은 죽 먹기다.

미요시 준야의 집은 시나가와 구 기타시나가와에 있었다. 후지노 변호사와 시나가와 역에서 만나 택시를 탔다.

"그애들이 캠프 사건의 사전준비, 혹은 공동모의를 할 때도."

후지노 변호사는 일부러 과장스럽게 말하며 살짝 얼굴을 찌푸렸다.

"미요시네 집이 편리했을 거예요."

하긴 담임선생님을 함정에 빠뜨리는 모략의 작전회의를 방과후 교실에서 할 수는 없었겠지.

택시가 앞쪽에 보이는 고층맨션을 향해 달렸다.

"저 맨션입니까?"

"네."

"쉽게 못 들어갈 것 같은데."

"벨을 누르고 들어가야죠."

내 표정이 어지간히 이상했나보다. 후지노 변호사가
웃었다.

"괜찮아요. 아라이 선생님이나 미요시 준야를 아는
다른 선생님들에게 듣자하니 사리분별 못하는 아이는
아니에요. 오히려 중학생치고는 야무진 편인 것 같아
요."

―어릴 때 엄마를 잃고 나름대로 마음고생을 해서인
가봐요.

이것이 아라이 선생의 평가라고 한다.

"세상의 쓴맛을 아는 틴에이저가 3학년 D반의 대표
란 말이군."

"스기무라 씨."

새삼 경직된 목소리로 나를 부른 후지노 변호사가 또
다시 씁쓸한 표정을 지었다.

"지난번 만났을 때, 저는 체험캠프 사건의 아홉 학생
을 별로 좋게 표현하지 않았죠."

"그 말씀은?"

"의지박약이라느니, 허세쟁이라느니, 주모자니, 부하
니 하면서요."

듣고 보니 그랬다.

"절대 얕잡아보고 한 말은 아니에요. 다만, 그애들한
테 화가 나서요."

"선생님 입장에서는 당연하죠."

"아뇨, 히노 씨의 변호사 입장에서 화가 난 게 아니에
요. 말하자면 그애들과 같은 입장에서 화가 난 거죠."

아마, 그럴 거예요—스스로 확인하듯 중얼거렸다. 나
는 선뜻 이해하기 힘들었다.

"히노 부인 말이 이번 사건에서 후지노 선생님은 조
수고 간노 선생님이 담당 변호사라던데, 맞나요?"

뜻밖에도 후지노 변호사가 웃음을 터뜨렸다.

"간노 씨가 소장님이고 제 상사니까 우리 사무실에서
맡는 사건은 모두 간노 선생님의 사건이죠. 하지만 이
사건 담당자는 저예요."

"그런데 왜—"

"처음에 제가 담당자로 인사 갔다가 히노 씨에게 거

절당했거든요. 여자는 싫다고."

"대놓고 그렇게 말했다고요?"

내가 눈을 휘둥그레 뜨자 후지노 변호사가 쓴웃음을 지으며 고개를 끄덕였다.

"경험이 부족한 젊은 변호사는 곤란하다는 뜻이 아니었어요. 여변호사는 피하고 싶다는 표현도 아니었죠. 여자는 안 된다고 눈앞에서 분명히 말했어요."

히노 다케시라는 인간의 가치관 중 한 단면이 훤히 드러나는 말이다.

"그렇지만 제 의욕을 꺾을 순 없었고, 간노 씨도 만류하지 않았어요."

"얘기가 통하는 상사네요."

"다행히."

아침하늘로 우뚝 치솟은 초고층 맨션 앞에 택시가 도착했다. 잰걸음으로 정면 로비에 들어선 후지노 변호사가 인터폰 앞에서 조금도 망설이는 기색 없이 호수를 눌렀다. 3, 1, 1, 5.

대답이 없었다. 다시 한번, 딩동.

"아직 자나?"

잠시 후 인터폰에서 "네" 하는 목소리가 들렸다.

"미요시 준야 학생인가요?"

후지노 변호사가 정중하게 물었다.

"아침 일찍부터 미안해요. 나는 변호사 후지노라고 해요. 혹시 집에 아키요시 쇼타가 와 있나요? 아키요시의 부모님이 걱정하며 찾고 있어요."

인터폰은 침묵했다. 내가 옆에서 끼어들었다.

"안녕? 나는 스기무라라고 한다. 네가 미요시지? 혹시 쇼타에게 내 얘기 들었니?"

아키요시 씨가 '사건을 조사하려고 탐정을 고용했다'는 이야기를 곧이곧대로 아들에게 전했을 리는 없다. 그러나 한 지붕 아래 사는 가족에게 언제 들킨대도 이상한 일은 아니다. 그래서 한밤중에 몰래 집을 빠져나와 미요시 준야를 찾아갈 만큼 동요한 게 아닐까.

"쇼타와 얘기 좀 하고 싶은데, 여기 안 왔니?"

두 호흡쯤 뜸을 들인 후 오토록이 풀리고 안쪽 유리문이 열렸다.

"봐요, 들여보내주잖아요." 후지노 변호사가 말했다.

휑하니 넓기만 한 거실이었다.

붙박이 장식장과 한쪽 벽을 가득 메운 책장. 커다란 액정 텔레비전과 오디오 세트. 가죽소파와 스툴과 안락의자. 바닥에는 잡지가 널려 있고, 페트병 몇 개와 게임 컨트롤러와 패키지가 어지러이 나뒹굴었다.

31층 아래 거리가 내려다보이는 통유리에는 블라인드가 반쯤 드리워 있었다. 냉방이 너무 강해 추울 지경이다.

술이나 담배 냄새는 나지 않았다. 먹다 남은 피자 상자 두 개와 프라이드치킨 종이팩 하나가 아일랜드키친 위에 어질러져 있었다.

"어제 저녁이니?"

후지노 변호사가 피자 상자를 가리키며 물었다.

"피자 시킬 때는 샐러드도 같이 시키는 게 좋아."

막 일어난 듯한 얼굴의 세 남학생은 뚱하니 서 있을 뿐 아무도 뭐라 반응하지 않았다.

그렇다, 미요시 준야와 아키요시 쇼타만이 아니라 또 한 명이 더 있었다. 자료의 증명사진에서 본 얼굴. 시모야마 요헤이다.

"셋 다 여기 거실에서 잔 거야?"

아키요시 쇼타는 알로하셔츠에 청바지 차림인데 셔츠가 엉망으로 구깃구깃했다. 미요시 준야는 탱크톱에 운동복 바지, 시모야마 요헤이는 티셔츠에 운동복 바지. 잠옷과 실내복을 겸하는 복장이다.

"—게임하느라요."

자주 있는 일이다. 딱히 대수로울 것 없다는 듯 시모야마 요헤이가 입을 열었다.

"그렇구나. 무슨 게임 했어?"

후지노 변호사가 게임 패키지를 집어들었다.

"〈갓 오브 마르스〉. 액션 게임인가?"

"SF호러예요." 미요시 준야가 말했다. "그런 건 상관없잖아요."

머리가 까치집인데다 세수도 하지 않아 영 신통치 않지만 마음먹고 꾸미면 꽤 잘생긴 얼굴이리라. 이 아이가 또래 남자 아이돌 그룹에 끼어 텔레비전에 나온다 해도 나는 거의 분간할 수 없을 것이다.

"쇼타는 그냥 놀러온 거고, 나쁜 짓 한 건 하나도 없어요."

"그런 것 같네. 하지만 부모님에게 말 한마디도 없이 나왔잖아."

"전화할게요."

아키요시 쇼타가 속삭이듯 말하고는 고개를 숙인 채 뻣뻣하게 거실을 나갔다. 나도 후지노 변호사도 붙잡지 않았다.

"나도 그냥 놀러온 거예요. 자주 와요. 부모님한테도 말했고요. 준야 집에 간다고 하면 뭐라고 안 해요."

시모야마 요헤이가 말했다. 뺀질거리고 경박한 말투에 눈동자를 이리저리 굴리기 바쁘다. 요즘 표현으로 '찔려한다'는 표현이 적절할까.

후지노 변호사가 빙그레 웃었다. "너희, 지금 여름방학중이지?"

"맞아요. 그러니까요."

시모야마 요헤이가 실실거리며 곁눈질로 미요시 준야의 눈치를 살폈다. 역시 부하인가보다.

내가 미요시 준야에게 물었다. "전화로 얘기하기 답답해서 네가 쇼타를 부른 거니? 아니면 그애가 널 찾아온 거니?"

"스기무라 씨."

후지노 변호사가 생글거리는 표정으로 말을 가로막았다.

"쓸데없는 질문은 삼가주세요."

"죄송합니다. 이것저것 캐묻는 게 일이라서요. 미안하다, 난 탐정이야."

미요시 준야는 표정 변화가 없었다. 대신 시모야마 요헤이가 낄낄거리며 웃었다.

"진짜? 으윽, 후지다."

그 말이 맞다. 탐정이라니, 요즘 사회에서는 후진 직업이다. 적어도 직종 명칭으로는 매우 후지다.

"스기무라 씨, 잠깐 빠져 계세요."

또다시 후지노 변호사에게 핀잔을 들은 나는 순순히 물러나서 두툼한 카펫을 밟으며 어슬렁어슬렁 집안을 둘러보았다.

책장에 책이 가득하다. 빽빽하게 꽂힌 비즈니스 서적과 경제잡지 과월호는 아버지의 장서겠지. 만화는 아마 미요시 준야의 책일 것이다. 인기 작품이 갖춰져 있다.

책 외에 영화 DVD의 비중도 상당했다. 그러나 그보

다 더 많은 것은 게임 소프트웨어였다. 새것처럼 번쩍거리는 것부터 조금 오래된 것까지, 형태도 크기도 제각각인 상자들이 마구 뒤섞인 채 꽂혀 있었다.

그중 한 상자의 그림을 보고 신선한 기억을 떠올렸다.

"전화가 몇 번 오긴 했는데, 혼자 있을 때는 자동응답기를 켜놔서 그냥 됐어요."

후지노 변호사의 질문에 미요시 준야가 대답했다.

"그랬구나. 하지만 이런 급한 일이 생길 수 있으니 메시지는 꼭 확인하렴."

"앞으로는 그럴게요."

나는 방금 핀잔을 들은 것도 잊고 다시 끼어들었다. "쇼타네 부모님이 경찰에 실종 신고를 하려고 하셨어. 너희가 행선지도 밝히지 않고 집을 나가는 건 그 정도로 큰일이야."

미요시 준야가 내 얼굴을 보더니 당황한 듯 눈을 깜박거렸다. 제 눈빛을 읽히고 싶지 않은 눈치였다.

"네, 죄송해요."

"쇼타가 어제 몇시쯤 왔지?"

"—열시쯤."

"네 아버님은?"

"출장중이에요. 금요일까지."

"가사도우미 분은?"

"오늘은 오후에 오세요."

"요헤이는―"

이번에는 미요시 준야가 후지노 변호사의 말을 가로막고 내게 물었다. "쇼타네 아빠 엄마가 히노 선생님한테도 연락했나요?"

나는 고개를 끄덕였다. "생각나는 데는 다 전화를 거신 모양이니 그러지 않았을까?"

"쇼타가 그 다혈질 선생한테 갈 리 없는데." 시모야마 요헤이가 장난스럽게 말했다.

"그게 무슨 문제라도 되니?"

후지노 변호사의 질문에 미요시 준야가 잠깐 머뭇거렸다. 모양이 덜 잡힌 울대뼈가 오르내렸다.

"―아니요."

퉁명스럽게 부정했지만, 표정에는 다른 감정이 드러났다.

시모야마 요헤이가 정신 사납게 끼어들었다. "나는

열한시 조금 못 돼서 왔어요, 변호사 선생니임—"

나는 그들에게서 등을 돌려 다시 책꽂이와 장식장 점검에 들어갔다. 후지노 변호사의 질문에 미요시 준야는 단답으로만 대꾸했고, 시모야마 요헤이는 계속 쓸데없이 까불어댔다.

대형 텔레비전 옆에 흑백 여자 독사진이 든 은테 액자가 있었다. 나이는 삼십대 중반쯤일까. 눈매가 미요시 준야와 무척 닮았다.

그의 어머니겠지. 액자 옆에 새하얀 장미 한 송이를 꽂은 꽃병이 놓여 있었다. 활짝 피어서 꽃잎 한 장이 떨어져 있다. 이 꽃을 매번 갈아놓는 일도 좀 있다 올 가사도우미의 몫일지 모른다.

발소리에 돌아보니 거실 입구에 아키요시 쇼타가 굳은 표정으로 서 있었다.

"집에 전화했어요. 당장 들어오래요."

"그럼 가자."

후지노 변호사가 시원스럽게 마무리지었다. 그 순간 줄곧 꼿꼿이 서서 그녀와 대화하던 미요시 준야가 긴장이 풀린 듯 살짝 휘청거렸다. 바닥에 책상다리를 하고 앉아 히죽거리던 시모야마 요헤이의 얼굴에도 안도의 빛이 떠올랐다.

"변호사님, 쇼타가 야단맞지 않게 말 좀 잘해주세요. 참, 아닌가. 변호사님은 히노 선생님 편이지."

하여간 촐랑거리는 타입이다. 후지노 변호사를 야유하듯 입을 삐죽이며 말을 이었다.

"돈도 엄청 받겠네. 그럼 탐정님 쪽이 낫겠네요. 쇼타를 잘 부탁해요."

"안타깝지만 난 그런 시중까지 들 정도로 돈을 많이 받진 못해."

"에이, 진짜 후지네."

후지노 변호사가 아키요시 쇼타를 재촉해 복도로 나갔다.

"쇼타." 미요시 준야가 불렀다.

물에 빠져 허우적대는 와중에 튜브라도 날아온 듯한 표정으로 아키요시 쇼타가 돌아보았다.

"이제 그만 고민해. 약 같은 거 먹지 말고."

그럼, 그럼, 시모야마 요헤이가 덩달아 떠들어댔다. "제일 큰 피해자인 내가 아무렇지도 않은데, 너한테 트

라우마가 생기면 어떡하냐."

"—응."

"그래, 너야말로 제일 큰 피해자였지, 시모야마."

과장스럽게 가슴에 손을 얹으며 내가 끼어들었다.

"마음의 상처가 크겠어. 아무리 장난이라도 다들 죽으라고 지목했으니 말이야. 울면서 엄마를 찾아 도망친 것도 무리가 아니야."

단순하고 다루기 쉬운 소년은 금세 발끈했다.

"내가 언제 도망쳤다고. 울지도 않았어요. 이 아저씨가 이상한 소리를 하네."

"흐음, 그래? 사실은 도망친 게 아니었구나."

시모야마 요헤이의 얼굴이 새빨개졌다.

"스기무라 씨, 거기까지." 후지노 변호사가 가차없이 가로막았다. "이만 가죠."

나는 순순히 그 말에 따랐다. 나오면서 미요시 준야의 얼굴을 보니 말 그대로 가면처럼 무표정했다.

우리는 조용히 귀로에 올랐다. 택시 안에서 쇼타는 입을 꾹 다물고 있었다. 후지노 변호사도 무슨 생각을 하는지 질문도 설교도 하지 않고 침묵을 지켰다.

제 집 지붕이 보이기 시작할 즈음 쇼타가 꺼져들어가는 목소리로 말을 꺼냈다.

"변호사 선생님."

"왜?"

"우리 부모님이랑 얘기할 거예요?"

후지노 변호사가 상냥하게 대답했다. "너를 무사히 데려다주고 나서 바로 나올 거야."

쇼타의 눈빛이 굳었다. "하지만—"

"얘기는 너랑 부모님부터 해야 하지 않을까? 스기무라 씨 생각도 그렇죠?"

"네, 동감입니다."

그를 부모에게 데려다놓고서 후지노 변호사와 나는 걸어서 역으로 향했다.

"학교 측 방어가 견고하다더니, 탐문을 제대로 하셨네요."

"나바론 요새 안에도 진실을 알고 싶어하는 사람이 있기 마련이죠."

"아, 맞다. 그거 말인데요."

처음 만났을 때부터 궁금했던 점이다.

"⟨나바론 요새⟩는 내 부모님 세대 영화인데. 선생님이 어떻게 알죠?"

후지노 료코가 재미있다는 듯 웃었다. "우리 엄마가 옛날 영화를 좋아해서요. 딱 저애들만할 때부터 자주 같이 봤어요. 이십 년도 더 전이니, 비디오 대여점에서 빌려서 봤죠."

"이십 년?"

그 무렵 중학교 3학년이었다면, 현재 서른네다섯 살이다.

"좀더 젊으신 줄 알았는데."

"어머, 고맙게도. 하지만 드릴 건 없네요."

구두 소리가 또각또각 울려퍼졌다.

"손잡기로 약속했죠. 제가 먼저 아키요시 쇼타가 흔들리고 있다는 빅뉴스를 알려드렸으니 빚을 지신 셈입니다."

"흔들렸을 뿐이지, 자백하기엔 부족해요."

한순간 후지노 변호사의 말투가 차가워졌다.

"나오는 길에 리더가 못을 박는 바람에 다시 조개처럼 입을 다물었잖아요."

―이제 그만 고민해.

"그럼 제가 빚을 져도 좋으니 알려주시죠. 미요시 준야와 히노 선생님도 한때는 원만한 사이 아니었나요?"

후지노 변호사가 우뚝 멈춰 서서 나를 바라보았다. "뜬금없이 무슨 말씀이시죠?"

"말 그대로예요. 아라이 선생님이 잘 알고 있지 않을까 하는데."

"글쎄요. 어떨지."

"미요시 준야는 삼 년 내내 히노 선생님 반이었어요. 알고 계셨습니까?"

"물론이죠."

후지노 변호사는 어처구니없는 눈치였다.

"중학교 3학년이라고 처음부터 3학년인 건 아니니까요. 1학년 시절도 2학년 시절도 있어요. 미요시뿐 아니라 아홉 명 모두의 예전 학교생활에 대해 많은 조사를 했어요."

"그래도 가장 중요한 사람은 리더인 미요시 준야죠. 예전에는 그애도 히노 선생님 마음에 드는 학생이 아니었을까요?"

성적은 그렇다 치고, 그 소년은 히노 다케시가 싫어할 법한 경박한 타입으로는 보이지 않았다.

"저는 그것을 그애가 노력해서 1학년 D반에서 2학년 C반으로 올라간 무렵으로 생각하는데—그러다 그 시기가 지나고, 히노 선생님과의 관계가 껄끄러워지면서 도리어 분노를 품게 된 건 아닐까, 그것이 이번 사건의 근본적인 원인이 아닐까 합니다만."

처음부터 반목하고 싫어한 관계보다 원래 친밀한 관계였다가 등을 돌린 경우가 더 감정의 진폭이 크고, 그만큼 상대를 해하려는 마이너스 에너지도 강하지 않을까.

"그런 연소촉진제 같은 감정이 없다면, 학생이 선생님을 함정에 빠뜨리고 누명을 씌우기란 힘들지 않겠어요?"

후지노 변호사가 손끝으로 턱을 어루만지며 생각에 잠겼다. 잠시 후 고개를 가로저었다.

"안타깝지만 그런 흔적은 없네요. 어디서도 그 비슷한 얘기가 나오지 않았어요."

"―그런가요."

"미요시와 히노 선생님 사이가 원만하기는 힘들었다

고 봐요. 게다가 스기무라 씨, D반과 C반은 그리 큰 차이가 없어요. D반에서 B반으로 올라갔다면 상당한 발전이라고 볼 수 있지만, D와 C는 오십보백보예요. 적어도 히노 선생님의 가치관으로는 그래요."

나는 단념할 수 없었다. "그렇지만 선생님도 방금 전 미요시의 얼굴을 보셨잖습니까. 아키요시의 가출 소식을 히노 선생님에게 알렸느냐는 말에 그게 무슨 문제냐고 되물었을 때요. 어찌어찌 얼버무리긴 했지만 그때 그애의 표정은."

―아니요.

나지막이 그렇게 중얼거린 미요시 준야는 마치 마음 아파하는 것처럼 보였다.

"친구가 흔들리는 걸 히노 선생님이 알면 안 되는데 하는 표정이 아니었어요. 큰일났다는 표정이 아니었다고요."

"그래서 뭐가 어떻다는 거죠?"

"미요시 준야의 내면에는 히노 선생님에 대한 호의, 혹은 동정심이 남아 있지 않을까요?"

그래서 순간적으로 자꾸 소동을 일으켜 미안하다고

생각한 게―아니, 느껴버린 게 아닐까. 그리고 그것이 고스란히 얼굴에 드러나고 말았다.

"저도 그 반응이 마음에 걸리긴 해요. 그렇지만."

후지노 변호사가 미간을 찡그렸다.

"지나친 억측 아닐까요? 보건선생님 말이, 미요시는 본래 섬세한 구석이 있대요. 학업 부진의 원인도 그걸 거라고."

회복하지 못한 거죠, 라고 말했다.

"엄마를 잃은 상실감에서."

영정사진과 흰 장미 한 송이.

"병이었습니까?"

후지노 변호사가 고개를 끄덕였다. "암이었대요. 미요시가 일곱 살 때라고 하니 칠팔 년 전이겠네요."

일곱 살 아이가 죽을병과 싸우는 엄마를 곁에서 지켜보다, 결국은 떠나보내고, 아빠와 단둘이 남겨졌다. 일하기 바쁜 아빠는 충분한 보살핌을 주지 못했고, 아이는 가슴에 난 구멍을 메우지 못한 채 틴에이저가 되었다―

"그래도 힘든 입학시험을 치르고 사립학교에 들어왔으니 기본적으로는 성실하고 착한 아이예요. 지금까지 문제행동도 없었고."

"보건선생님은 어머니 얘기를 본인에게서 직접 들었을까요?"

"1학년 때 히노 선생님이 가정방문을 갔는데 가사도우미밖에 없더라고 보고해서, 교무주임이 보건선생님에게 인계했대요."

영양지도가 필요할 수도 있으니까, 라고 한다.

"그래서 종종 불러서 대화를 하다보니, 그애가 띄엄띄엄 엄마 얘기를 꺼냈었나봐요. 당연한 소리지만 당시에는 굉장히 힘들어했던 모양이에요."

"선생님." 내가 불렀다. "전혀 난공불락이 아니잖습니까."

후지노 변호사가 천연덕스럽게 받아쳤다. "다행히."

그후 나는 체험캠프에 참가하지 않은 D반 학생 여섯 명을 만나러 갔다.

바로 연락이 되지 않는 집도 있고, 연락이 닿아도 거절하는 경우가 없지 않아서, 결국 그날 만나는 데 성공한 학생은 세 명뿐이었다. 남학생 한 명, 여학생 두 명.

당연히 어느 집이나 어머니가 함께했다. 한 여학생은 재택근무를 하는 아버지까지 부모가 나란히 동석했다.

그리고 어느 집이나 처음에는 경계했지만, 일단 말문이 트이자 학생보다 부모가 먼저 봇물처럼 말을 쏟아냈다.

—무례한 선생님이에요.

담임 히노 다케시의 평가는 좋지 않았다.

—우리 애도 엄연히 시험을 보고 붙어서 들어왔는데, 꼭 낙오자처럼 취급한다니까요.

—가정방문을 와서는 계속 D반에 있어선 미래가 없다, 앞으로 목숨걸고 노력해야 좋은 대학에 갈 수 있다고 협박하는 통에 우리 딸 기가 확 죽어버렸어요.

—엄마들은 자식한테 모질지 못해서 문제라고 아예 단정짓는 거예요. 내가 파트타임으로 일한다고 했더니, 자녀분이 커서도 파트타임 일밖에 못하면 안 될 테니 앞으로는 엄격하게 감독하라나, 말투가 항상 그런 식이에요.

이 세 학생이 체험캠프에 참가하지 않은 이유는,

—학교 행사치고는 지나치다 싶어서.

—우리 애가 감기에 잘 걸려서.

—요즘 중학생들을 남자 여자 같이 재우다니, 사고를

치라는 말이나 다를 바 없잖아요.

등등 제각각(오해도 섞여 있고)이었지만, 그 바탕에는 한 가지 공통된 감정이 깔려 있었다. 히노 선생이 최고 책임자로 주도할 게 뻔한 행사에, 단 하룻밤이라도 내 아이를 맡기고 싶지 않다는 것.

그가 파면된 지금에야 참고 있던 불만을 토해내는 것일 수도 있다. 사건의 여파로 과장한 부분도 없지 않을 것이다. 그러나 아이들 역시 열을 올리는 부모 옆에 얌전히 앉아 그냥 듣고만 있을 뿐 딱히 히노 선생님을 편들 생각은 없어 보였다.

—남편은 학생들에게 인기가 많았어요.

—열광적인 지지자가 있었죠.

그가 지도한 특별활동부가 이뤄낸 눈부신 성적. 자랑스러운 미소를 머금은 사진 속 학생들의 얼굴.

찬사와 비난. 두 가지가 서로를 침범하지 않고 오롯이 존재했다. 우등생에게만 힘을 쏟는 교육자에게는 딱히 이상한 현상이 아니다. 만약 일반기업의 얘기였다면 되레 당사자가 웃음거리가 될 정도로 노골적인 편애다.

후쿠오카 미도리라는 여학생은 어머니가 잠깐 자리를

비운 사이 살짝 이렇게 말했다.

"히노 선생님은 출석 부를 때 툭하면 내 이름을 틀렸어요. '후쿠요카*', 아니지, 후쿠오카' 이러면서요."

그 아이는 통통한 편이었다.

"일부러 그런 건 아니라면서 맨날 웃었어요. 한번은 그러지 말아달라고 학급회의 시간에 말했더니."

—선생님의 농담도 이해 못하나? 그러니까 친구가 없는 거야.

"너무하네." 나는 말했다.

또다른 남학생은 1학년 때 D반이었는데 툭하면 방과후에 남아서 보충학습을 해야 했다고 털어놓았다. 교실 뒤쪽 칠판에 자기처럼 나머지공부를 하는 학생의 이름과 회수를 표시한 그래프가 그려져 있었다고.

보충학습은 때에 따라 필요한 학습지도다. 그러나 그렇게 구경거리로 만드는 것은 악의에 지나지 않는다.

"연하장에까지 '올해 목표는 나머지공부 제로다!'라고 써 보내서—"

새해부터 슬펐다고 했다.

---

* 포동포동하다는 뜻의 의태어.

"열심히 하라고 격려할 마음이었다면, 얼마든지 다른 표현이 있잖아요."

옆에 있던 어머니가 새삼 떠오른 듯 화를 냈다.

"그 연하장, 잠깐 볼 수 있을까요?"

가족사진으로 만든 연하장이었다. 히노 다케시가 집 앞에 똑바른 자세로 서 있고, 발치 계단에 부인 에이코와 이쿠시가 앉아 있다. 셋 다 웃는 얼굴이지만 나는 이들의 위치가 마음에 걸렸다. 아내와 자식 뒤에서 그들을 지키는 남자. 혹은 아내와 자식의 머리 위에 군림하며 그들을 지배하는 남자.

"히노 선생님은 모든 학생에게 이런 사진이 들어간 연하장을 보낸다네요."

남학생의 어머니가 불쾌하다는 듯 말했다.

"그건 좀 아니잖아요? 선생님 가족이 학생이랑 무슨 상관이라고."

히노 다케시의 글씨는 마구 휘갈겨 쓴 것처럼 난폭해 보였다. 신년 인사를 하는 연하장에 어울리지 않는 위협적인 문구가 조그만 엽서 안에서 고함치고 있었다.

그 때문인지 내 눈에는 사진 속 히노 에이코와 이쿠시

의 미소가 조심스러움을 넘어 거북함을 드러내는 듯 보였다.

사무실로 돌아오는 전철 안에서 기억을 확인하기 위해 게임 소프트웨어를 검색해봤다. 그러나 이 방면으로는 전혀 안테나가 없는지라 영 감이 잡히지 않았다.

환승하는 길에 아키하바라 역에 내려 게임 소프트웨어를 파는 가게를 찾았다. 계산대를 보는 젊은 직원이 꽤 친절했다.

"찾으시는 게임이 이건가요?"

모니터에 뜬 스포츠카 일러스트가 눈에 익었다.

"레이스 게임 히트작이에요. 시간 경쟁이 아니라 자동차를 자유자재로 커스텀할 수 있다는 게 장점이죠."

"어린이용이 아니군요."

"아뇨, 리얼계가 아니라 애들한테도 인기 있었어요."

"—으음, 무슨 뜻인지?"

"미션을 클리어해서 아이템을 모으면 자동차로 하늘을 날거나 수중을 달릴 수 있어요. 대기권을 돌파하는 내열 타일을 얻으면 인공위성 궤도도 탈 수 있고요. 거기서 내려다보는 푸른 지구의 그래픽이 당시 수준치고 매우 아름다웠죠."

발매 시기는 칠 년 전 5월이지만 찾는 사람이 꾸준히 있어서 지금도 중고시장에서 제법 괜찮은 가격으로 거래된다고 했다.

"같은 종류로 좀더 큰 사이즈도 있습니까? A4 크기에 두께 15센티미터쯤 되고 수지 소재인데."

"초판 한정본인가? 잠깐만요." 점원이 다시 검색을 시작했다.

"아하, 이거네요. 조이스틱 동봉 버전."

내 귀에는 외계어처럼 들렸다. "조이—뭐요?"

점원이 웃었다. "소프트웨어랑 같이 이 게임 전용 컨트롤러가 들어 있어요. 그래서 상자도 크죠."

"그럼 내용물을 꺼내고 상자를 다른 용도로 쓸 수도 있겠군요."

"마니아는 안 그러죠."

미요시 준야는 게임을 좋아하는 것 같지만 장식장에 아무렇게나 꽂아놓은 모양새를 보면 마니아 수준은 아닌 듯했다. 멋진 일러스트가 들어간 인기 게임 상자를 누군가에게—예를 들면 자기보다 어린 친한 동생에게 줘버리는 일도 충분히 가능할 듯했다.

히트작이라고 하니 준야와 이쿠시, 세 살 차이인 두 소년이 우연히 같은 종류를 가지고 있다 해도 이상한 일은 아니다. 이상한 일은 아니지만, 아무래도 의문이 들었다.

히노 다케시와 미요시 준야는 한때 친밀하게 지내던 사이가 아니었을까.

5

열심히 일자리를 찾는 중이라고 하니 아침에도 일찍 일어나겠지. 오히려 아침나절 아니면 연락이 닿기 힘들지 모른다. 나는 오전 여덟시에 고이시카와에 있는 히노 다케시의 부모님 집으로 전화를 걸었다.

한참 신호가 갔다. 일단 끊을까 생각한 순간, 누군가가 전화를 받았다.

"여보세요?"

낮고 걸걸한 여자 목소리다.

"안녕하세요? 아침 일찍부터 죄송합니다. 저는 스기무라라고 합니다. 히노 다케시 씨 댁에 계신가요?"

"없어요."

대답이 가차없다.

"다케시는 집에 없어요."

나이 지긋한 여자다. 가족 구성을 자세히 알진 못하지만 분명 히노 다케시의 어머니리라.

"외출하셨나요?"

"네, 나갔어요. 집에 없다고요."

몹시 성급하고 공격적인 말투다.

"실례지만, 히노 다케시 씨 어머님 되시나요?"

"다케시는 나갔어요. 없어요."

내 질문은 귀에 들어오지도 않는 듯했다.

"좀 만나뵙고 싶은데, 오늘 몇시쯤 들어오실까요?"

"몰라요. 없어서 몰라요."

단순히 급해서가 아니다. 꼭 뭔가에 쫓기는 투였다.

"그렇군요. 그럼 나중에 다시—"

전화가 뚝 끊겼다.

나는 수화기를 들고 잠깐 생각에 잠겼다. 그러다 히노 다케시의 집으로 전화를 걸어보았다. 아까와 달리 누군가가 달려들듯 전화를 받았다.

"네, 히노입니다. 엄마?"

이쿠시의 목소리였다.

"안녕, 이쿠시. 그저께 만났던 스기무라 아저씨란다."

이쿠시가 "아" 하는 소리를 냈다.

"아침부터 미안하구나. 집에 아빠나 엄마 계시니?"

짧은 침묵이 흐르고 이쿠시가 작은 목소리로 대답했다. "—아니요."

"두 분 다 외출하셨니?"

"아빠는 지금 할머니 집에 살아요. 엄마도 어제 거기 갔는데."

이번에는 내가 순간적으로 말문이 막혔다.

"그뒤로 안 들어오셨니?"

"—네."

"밤새 너 혼자 집을 본 거야?"

"네."

"엄마한테서 연락도 없고?"

이쿠시의 목소리가 한층 작아졌다. "전혀요."

마음속 깊은 곳에서 불온한 안개가 피어올랐다.

"이쿠시, 엄마가 어제 무슨 볼일로 아빠한테 가셨을까?"

"아침에 전화가 왔는데."

얼굴은 보이지 않지만, 목소리가 떨리는 것이 애써 불안을 억누르는 듯했다.

"아빠네 학생이 가출했대요. 그래서 엄마가 엄청 걱정했어요."

역시 아키요시 부부는 히노 다케시에게도 연락했던 것이다. 그가 지금 부모님 집에 있는 것을 모르니 주소록에 나와 있는 이 집으로 전화했으리라. 그리고 그 전화를 히노 에이코가 받았다.

"그래. 그 학생은 아무 일 없었고, 점심 무렵 무사히 집으로 돌아갔어."

"네. 그런 전화도 온 것 같아요."

그렇지만―이쿠시가 잠시 머뭇거렸다.

"엄마가 조금 울었어요."

마음속 안개가 더 짙어졌다.

"우셨구나."

"네, 그리고." 이쿠시의 목소리도 울먹였다. "아빠를 만나고 오겠다고 했는데, 여태 안 온 거예요."

나는 딱 삼 초 생각했다. 그러고는 말했다.

"이쿠시, 잠시만 더 집 보고 있을래? 아저씨가 지금 그리 갈게."

"—네."

"걱정하지 마. 아빠랑 엄마가 지금 집으로 오는 길일지도 몰라. 들어오시면 바로 알려줄래? 아저씨 전화번호 불러줄게."

이쿠시가 번호를 받아적고, 내가 시키기도 전에 따라 읽으며 확인했다.

"아침 먹을 건 있니?"

"있어요."

"다행이구나. 불안해도 조금만 참아. 금방 갈게."

활짝 열어둔 낡은 집의 창문들을 닫으며 휴대전화로 후지노 변호사에게 연락했다.

"스기무라 씨."

그녀가 발끈했다.

"전 스기무라 씨의 변호사가 아니에요."

"미안합니다. 하지만 상황이 급해서."

내가 재빨리 사정을 설명했다.

"무슨 일인지는 몰라요. 아무 일 없을지도 모르죠. 하지만 선생님, 초등학교 6학년 아이를 혼자 두고 나간 엄마가 밤새도록 전화 한 통 없다니 이상하지 않습니까?"

후지노 변호사는 입을 다물었다.

"선생님도 엄마시죠? 엄마의 마음으로 봤을 때 이상하지 않나요?"

"부모의 마음으로 봤을 때 이상하죠."

딱 잘라 말했다.

"어제 아키요시 쇼타의 가출 소동 후 엄마가 울었다. 이쿠시가 그렇게 말했다는 거죠?"

"네. 그러고는 아빠를 만나러 갔다고."

가벼운 콧소리가 들렸다. "제가 어떡해야 할까요?"

"고이시카와로 가주세요. 그쪽도 그쪽대로 분위기가 수상합니다. 전화상으로 문전박대를 당한 느낌이에요."

"히노 씨 어머님은 원래도 그다지 친절한 편이 아니에요."

"말투가 공격적인가요? 그래도 그 이상의 뭔가가 있는 것 같아요. 자꾸 흠칫거리며 떨더군요."

맞다, 그렇게 표현해야 한다. 히노 다케시의 어머니는 아침 댓바람부터 걸려온 전화에 겁을 먹고 있었다. 그럴 만한 이유가 집안에 있는 것이 아닐까.

"알았어요." 후지노 변호사가 말했다. "그쪽은 스기무라 씨보다 제가 더 말이 잘 통하니까요."

"부탁합니다."

뛰다시피 역 개찰구를 빠져나와 택시 승강장으로 향했다. 손님을 기다리는 택시가 몇 대나 보였던 일요일과 달리 오늘은 한 대도 없다.

버스는 운행 간격이 길어서 한참 기다려야 한다. 그냥 뛰어가는 편이 빠르다. 사거리를 벗어나 비좁은 상점가로 들어섰을 때 맞은편에서 낯익은 얼굴이 다가왔다.

어린이용 자전거의 페달을 한가로이 굴리고 있다. 가네다 씨였다.

"실례합니다, 가네다 씨!"

나는 다가가며 인사를 건넸다. 노인도 나를 기억하는

듯했다.

"오호, 이게 누군가."

히노 선생님 댁에 왔던 손님 아니냐며 알은체를 했다.

"자주 마주치는구먼. 댁도 이 근처 사시나?"

사람들은 나를 별로 경계하지 않는다. 평소 직장인인 척하고 다니기 때문이겠지. 사립탐정이라기엔 매우 '후지지만' 편리할 때도 있다.

"네. 자전거는 아직 수리중인가보군요."

"그렇다니까. 이건 손주한테 빌렸어요."

"어제 이쿠시 보셨어요?"

"아침에 물어봤더니, 곧 고칠 수 있겠다던데."

"부인은요?"

"못 봤어. 잠깐 지나가던 길이라."

"그렇군요. 가네다 씨는 히노 씨와 가깝게 지내시죠?"

수박을 주러 왔을 때도 친척 아저씨인 양 허물이 없었다. 이따금 그렇게 방문하는 사이이리라.

"이쿠시가 워낙 착하니까."

"히노 씨 남편이 중학교 선생님이잖아요. 학생들과 찍은 사진들이 벽에 많던데."

"맞아. 좋은 학교 선생이라고. 근데 난 남편분은 잘 몰라. 일이 바쁜지 주민자치회에도 부인만 나와서."

"그렇군요. 혹시 전에 학생이 히노 선생님 댁으로 놀러온 적이 있을까요? 가네다 씨는 잘 모르시나요?"

"글쎄."

다소 미심쩍어하는 눈빛으로 보기에 나는 겉웃음을 지었다. "실은 저도 선생이거든요. 히노 선생님이 학생들이랑 잘 어울리는 게 부러워서 노하우를 얻어볼까 하고요."

"허어, 이런. 넉살도 좋구먼."

가네다 씨도 웃었다.

"진짜 좋은 선생은 학생들이랑 잘 어울리기만 해선 안 되지. 히노 씨 집도 학생들이 찾아와서 막 떠들고 노는 분위기는 아니라오. 이쿠시 친구나 놀러오지."

"아아, 그렇군요."

"그 부분은 분명히 선을 그어야지. 친구가 아니잖아. 선생은 학생보다 윗사람인걸."

그러고는 "어라? 그렇긴 한데" 하고 주름진 입을 동그랗게 오므렸다.

"남학생이 와 있는 걸 한 번 보긴 했구먼. 그저께 댁이 그랬듯이 손님처럼 소파에 앉아 부인이랑 얘기하고 있더라고."

역시 그랬군.

"언제쯤인가요? 어떤 학생이었습니까?"

"글쎄…… 이쿠시보다는 형이던데." 가네다 씨가 고개를 갸웃거렸다.

"그러고 보니 이쿠시도 같이 있었나."

작년 이맘때였다고 한다.

"그보다 조금 전이었나? 여름방학 전일 수도 있을 것 같아."

"그애 얼굴 기억하십니까? 사진 보면 아실까요?"

나는 휴대전화를 꺼냈다. 체험캠프 사건 당사자 아홉 명의 사진을 저장해두었었다. 그러나 가네다 씨는 스마트폰 화면을 보지도 않고 곧장 손사래치며 밀어냈다.

"이렇게 작은 건 안경 없이 못 보지."

"그렇군요. 죄송합니다."

"무슨 안내장을 주러 갔다가 잠깐 본 게 다야. 방해해서 미안하다고 했더니."

─선생님 제자입니다.

"그애도 일어서서 꾸벅 인사를 하더라고. 예의바른 아이였어."

"고맙습니다."

마음 같아서는 가네다 씨 손주의 자전거를 빌리고 싶었지만, 나는 다시 두 다리로 뛰기 시작했다.

히노 다케시에게서도 에이코에게서도 여전히 연락이 없었다. 이쿠시는 부엌 스툴에 오도카니 혼자 앉아 있었다.

수건을 빌려 땀을 훔치고 있는데 메시지가 왔다. 후지노 변호사였다.

'분위기가 수상하긴 하네요. 집안에 들여보내주질 않아요.'

이쿠시는 빵을 먹었다고 했다. 접시와 컵이 싱크대 식기건조대에 엎어져 있었다.

"오는 길에 가네다 씨랑 마주쳤어."

"아, 수리 아직 안 끝났는데."

"손주 자전거를 타고 계시던걸."

그제야 이쿠시가 살짝 웃었다. "도모코 거다. 그거 〈프

리큐어〉인데."

"여자애들 자전거니?"

"네. 엄청 인기 있는 만화영화예요. 몰라요?"

사실 열 살 딸을 둔 아버지니 당연히 알아야겠지만.

"저도 만화영화는 잘 몰라요. 텔레비전 보면 아빠가 화내서."

나는 아이의 옆얼굴을 바라보았다. 눈꼬리가 약간 처졌고 턱이 둥그스름하다. 엄마를 닮았다.

"지금 아빠는 엄마가 재혼해서 생긴 새아빠지?"

이쿠시가 내 쪽을 보며 고개를 끄덕였다.

"친아빠는 제가 갓난아기 때 돌아가셨어요."

"그럼 쭉 엄마랑 둘이 살았겠구나."

"잠깐 할아버지 할머니랑 살기도 했어요."

"엄마는 언제 재혼하셨니?"

"저 3학년 때요. 그래서 2학기에 전학 가야 했어요."

"서운했겠네."

또 고개를 끄덕인다.

"이 집은 넓고 제 방도 있지만, 전에 살던 아파트가 더 좋아요."

그 말은 '엄마랑 둘이 살 때가 더 좋았어요'로 들렸다.

"이쿠시, 네 공구상자―자전거 수리에 필요한 도구들을 넣어둔 상자 말인데."

"네."

"그거 게임 소프트웨어 상자지? 이름이 뭐더라, 차를 마음대로 개조할 수 있는 게임."

이쿠시의 얼굴이 환해졌다. "아저씨도 그거 좋아해요?"

"그냥 조금. 그래도 우주로 날아가 푸른 지구를 봤지."

내 허풍에 이쿠시가 금세 넘어왔다.

"좋겠다. 전 수중 타입밖에 못 만들었어요. 친구한테 빌려서 했는데, 내열 타일을 얻으려면 A클래스 바운티 트로피가 세 개나 필요하대서, 힘들겠구나 했죠."

스마트폰으로 다시 메시지가 왔다.

'돌파하겠습니다.'

예의 하이힐 굽으로 문을 박살내는 후지노 변호사를 상상할 틈은 없었다. 이쿠시의 눈빛이 겁에 질렸기 때문이다.

"이건 다른 일이야. 아무것도 아니야."

부디 아무것도 아니길.

"그래. 그럼 저 상자도 그 친구가 줬니?"

"네. 되게 오래전에요."

"작년 아니야? 아빠네 반 학생 아니니?"

"네?"

아니라면 가네다 씨의 착각일까.

"그거 오래된 게임인데." 이쿠시가 말했다. "제가 한 것도 예전 아파트에 살던 때예요."

고작 칠 년 전의 게임을 '오래됐다'고 표현하는 것은 이쿠시가 게임 마니아라서가 아니다. 초등학교 6학년 아이에게 칠 년 전은 엄연히 '옛날'인 것이다. 이쿠시는 정말로 옛날 일을 떠올리듯 실눈을 뜨며 말을 이었다.

"준야 형은 그걸 아빠한테 생일선물로 받았었대요. 그때는 신작이었는데, 할 만큼 해서 싫증났다고 저한테 주겠댔어요."

느닷없이 이름이 튀어나왔다. 대화의 흐름상 게임을 준 사람의 이름일 터였다. 준야 형.

"흐음, 그랬구나."

나는 웃음을 잃지 않으려고 애쓰며 고개를 끄덕였다.

"그런데 엄마가 이렇게 비싼 물건은 못 받는다고 거절하고, 준야 형한테도 이런 걸 쉽게 남한테 줘버리면 안 된다고 했어요. 난 갖고 싶었는데. 그래서 준야 형이 대신 상자를 줬어요. 제가 좋아하는 캐릭터 그림이 들어가 있었고, 빈 상자니까 선생님도 야단치지 않을 거라면서요."

"하긴 그렇겠네. 그 준야 형이라는 친구가 혹시 미요시 준야니?"

이쿠시의 눈이 휘둥그레졌다. "엇, 어음—"

"너보다 세 살 정도 많지?"

"네, 맞아요."

칠 년 전 5월에 발매된 게임. 당시 미요시 준야는 일고여덟 살이다. 이쿠시는 네 살에서 다섯 살. 엄마의 재혼이 초등학교 3학년 때라고 하니 단둘이 아파트에 살던 시절일 것이다.

나는 거실 벽에 걸린 사진들을 올려다보았다. 히노 다케시 교직 인생의 영광스러운 역사를 보여주는 기록. 아내와 자식의 그림자는 흐리다.

그중에서도 유독 마음에 걸리는 부분은 에이코가 히

노 다케시를 만나기 전, 개인적인 인생의 순간을 담은 사진이 없다는 점이다. 여기 걸리지 못하고 배제되었다. 봉쇄되었다.

마치 나를 만나 가르침을 받기 전의 네 인생은 일말의 가치도 없다는 듯이.

히노 다케시는 대학교 은사의 소개로 에이코를 만났다고 했다. 그렇다면 그녀 역시 같은 스승의 제자였어도 이상할 것 없다.

나는 나 자신에게 어이가 없었다. 왜 좀더 일찍 알아채지 못했을까.

중학교 3학년이라고 어느 날 갑자기 3학년이 된 것이 아니다. 2학년 시절도 1학년 시절도 있다. 후지노 변호사는 그렇게 말했다. 마찬가지다. 중학생은 어느 날 갑자기 중학생이 된 것이 아니다. 그전에 초등학생 시절이 있다.

—선생님 제자입니다.

"저기, 이쿠시." 내가 물었다. "엄마는 아빠와 재혼하기 전에 무슨 일을 하셨니?"

"초등학교 선생님요." 이쿠시가 대답했다. "준야 형

음의 방정식 107

은 엄마네 반 학생이었어요."

나는 천천히 고개를 끄덕였다.

"그런데 아빠와 재혼하고 일을 그만둔 거지?"

"엄마는 그만두기 싫어했는데, 이사 가는 바람에."

이쿠시의 목소리가 낮아졌다. 두려움과 망설임만이
아니라 분노의 울림도 서려 있음을 알아챌 수 있었다.

"아빠가 무서우니까."

남을 윽박지르고 위협하고 지배하는 남자. 상대가 처
자식이든 학생이든 마찬가지다.

휴대전화가 울렸다. 이번에는 음성 통화였다. "스기
무라입니다."

"지금 막 히노 에이코 씨를 보호했습니다."

후지노 변호사의 목소리는 다소 흥분한 듯했다.

"심하게 맞았나봐요. 얼굴이 엉망이에요. 퉁퉁 부어
서 원래 모습을 못 알아볼 정도예요. 턱뼈가 부러졌는지
말도 못하고요."

"이런, 그럼—"

"의식은 있어요. 생명에는 지장 없을 거예요. 그래도
똑바로 서지도 못하는 상태인데 아무 조치도 하지 않고

안쪽 방에 눕혀놨더군요. 아니, 숨겨놨다는 게 맞겠죠. 우리가 발견 못했으면 어쩔 작정이었는지."

발견하길 천만다행이다.

"경찰이 히노 씨 어머님께 경위를 묻고 있어요. 아들 성질을 건드린 며느리가 잘못이라며 막무가내로 나오는 걸 보니 경찰도 애 좀 먹겠어요. 우리 소장님이 함께 있긴 하지만."

"간노 선생님도 오셨군요."

"나와주십사 부탁드렸어요. 혼자서는 문을 못 부술 테니까―이건 진심으로 듣지 마시고요."

며느리가 잘못이라.

"히노 다케시의 행방은 몰라요. 자기 차를 타고 나간 모양이니 상해혐의로 수배하면 N시스템*으로 찾을 수 있을 테죠."

이쿠시가 부엌 스툴에서 내려와 다가왔다. 나는 입가로 살며시 미소지어 보였다. 괜찮아, 나쁜 소식 아니야. 엄마를 구했어.

집 밖에서 차 멈추는 소리가 들렸다. 이쿠시가 소파 옆

---

* 일본의 차량번호 판독 시스템.

을 지나 창가로 가더니 밖을 내다보며 말했다. "아빠다."

나는 재빨리 팔걸이의자 뒤로 숨었다.

"이쿠시, 비밀이다."

덜컥.

현관문이 열렸다. 나는 의자 뒤에서 엿보았다.

히노 다케시.

덩치가 크다. 키는 보통이지만 몸집이 탄탄해서 실제보다 커 보이는 타입이다. 얼굴은 우락부락하지 않다. 오히려 반듯한 호남형이다. 흰색 반소매 셔츠에 무릎이 튀어나온 청바지. 이마에 땀이 배어 있다.

"아빠 왔다."

이쿠시는 바짝 굳어서 창가에 우두커니 서 있었다. 히노 다케시가 급하게 신발을 벗어던지고는 부엌으로 들어왔다.

"너 거기서 뭐해?"

"—그냥요."

이쿠시가 과감하게 되물었다. "아빠는 뭐했어요?"

부엌에서 손을 씻고 물을 한 잔 들이켠 히노 다케시가 이쿠시를 노려보았다.

"표정이 왜 그래?"

"엄마는 같이 안 왔어요?"

히노 다케시의 관자놀이가 꿈틀했다.

"아빠 바빠. 다시 나가야 해."

"엄마가 아빠 만나러 간다고 했는데."

다음 순간, 나는 히노 다케시가 이쿠시에게 고함이라도 지를 줄 알았다. 그러나 그는 살집 좋은 어깨를 위아래로 으쓱하더니 간사한 목소리로 백팔십도 급변해서 말했다.

"안됐지만, 엄마는 이제 집에 안 와. 가출했거든."

이쿠시가 움찔 놀랐다. 나는 재빨리 일어나 앞으로 튀어나가며 아이의 팔을 붙잡았다. "이쿠시, 내 뒤로 와."

"당신 누구야?"

히노 다케시는 숨이 멎을 정도로 놀라 눈을 부릅떴다. 얼굴빛이 변했다.

"남의 집에 함부로 들어오다니, 대체 무슨 짓이야?"

땀에 젖은 이마가 번들거렸다. 차로 왔는데, 왜 저렇게 더워하지?

식은땀이다. 초조한 것이다. 턱뼈가 부러지고 똑바로

서지도 못할 정도로 아내를 구타하고 말았다. 병원에 데려갈 수는 없다. 남들에게 알려지면 곤란하다. 내 신상에 그런 불상사가 일어나선 안 된다—

그러니 엄마는 가출해서 돌아오지 않는다고 치자.

"방금 변호사 간노 선생님이 에이코 씨를 보호했다고 합니다." 내가 말했다. "에이코 씨는 가출하지 않았어요. 당신이 누구보다 잘 알 텐데! 왜 이쿠시한테 거짓말을 합니까?"

그리고, 아내를 어떻게 할 작정이었지?

한 번, 두 번. 산소가 부족한 금붕어처럼 히노 다케시가 입을 뻐끔거렸다. 얼굴에서 핏기가 가셨다.

"거, 거짓말이라니—"

이쿠시가 내 웃옷을 꽉 움켜잡았다. 나는 아이의 어깨를 어루만졌다.

"엄마는 다쳐서 병원에 실려갔어. 하지만 걱정 마. 금방 나으실 거야."

이쿠시가 내 뒤로 숨으면서 바르르 떨었다. 그러면서도 양손으로 싱크대를 움켜쥐고 금방이라도 토할 것 같은 표정을 짓고 있는 히노 다케시에게서 눈을 떼지 않왔다.

"히노 씨."

내가 부르자 그가 몸을 떨며 숨을 들이마셨다.

"이건 엄연한 상해사건입니다. 게다가 당신은 사실을 은폐하려 했어요."

눈동자를 움직이는가 싶더니 그가 갑자기 몸을 획 돌려 부엌을 나섰다. 그러더니 짧은 복도를 달려 현관 밖으로 튀어나갔다.

"히노 씨!"

이쿠시를 남겨두고 나도 뒤쫓았다. 흰색 셔츠를 입은 커다란 등이 앞으로 고꾸라질 듯 뛰고 있었다. 눈앞의 모퉁이를 돌아 모습을 감췄다.

신경을 긁는 듯한 급브레이크 소리, 그리고 한 박자 늦게 들려온 충돌음.

나는 일단 멈춰 섰다. 그리고 다시 소리가 난 쪽으로 달렸다.

비좁은 사거리 한가운데 앞 범퍼가 움푹해진 왜건이 비스듬히 멈춰 있었다. 히노 다케시는 맞은편에 뒹굴며 오른쪽 다리를 끌어안은 채 신음하고 있었다.

이런 걸 두고 하늘이 도왔다고 하나.

등에 누군가의 손길이 느껴졌다. 이쿠시였다.

"죽었어요?"

"아니."

나는 119에 신고했다. 동네 사람들이 모여들었다. 이어서 110번으로도 신고했다.

구급차를 먼저 부른 것은 히노 다케시를 위해서가 아니다. 이쿠시를 위해서다. 꼬마 자전거 정비공은 소리죽여 흐느끼고 있었다.

"―에이코 선생님은 체험캠프 사건에 대해 전혀 몰라요. 우리가―내가 멋대로 저지른 일이에요."

분쿄 구청 근처에 있는 응급병원 한구석, 묘하게 휑한 중환자 대기실이었다.

히노 에이코는 수술중이라 면회가 어렵다. 그런데도 미요시 준야는 후지노 변호사의 연락을 받자마자 곧장 달려왔다. 에이코 선생님을 볼 수 있을 때까지 기다리겠다고 했다.

대기실 의자에 앉은 우리 셋. 석양이 창가에 드리워

준야의 뺨을 비추고, 눈동자도 비췄다.

"히노 선생님은 우리 D반이랑 C반 학생들을 무시했어요. 노골적으로 차별했어요."

—너희는 낙오자들이야.

"특별활동부 졸업생 선배가 그러는데, 옛날에도 입이 거칠고 대놓고 편애하는 선생님이긴 했지만 지금처럼 심하진 않았대요."

후지노 변호사가 가볍게 고개를 끄덕였다. "그럴 거야. 사이키 중등부장과 불화를 빚으면서 한층 심해졌다고 하니까."

A반과 B반 학생들만 예뻐하고, 원래부터 활동이 왕성한 특별활동부만 담당하려 하고, 좋은 성과를 거두면 자기 공인 양 자만하는 히노 선생을 사이키 중등부장은 좋게 보지 않았던 것이다.

"그래서 최근 몇 년은 일부러 C반이나 D반 담임만 맡겼대. 그게 불만이었던 히노 선생님은 너희한테 화풀이를 한 거고."

—너희 반에는 선생님이 필요 없어. 보조교사면 충분하지.

"우리도, 물론 성적은 좋지 않지만."

무거운 짐을 내려놓고 홀가분해진 듯 평온한 눈빛으로 준야가 말했다.

"입학시험을 치르고 세이카에 들어왔고, 나름대로 자부심도 있어요. 하지만 이 학교에서는 우리가 열등생이라는 것도 알아요. 히노 선생님 말이 듣기 싫긴 해도 맞는 소리일지 모르죠. 그렇지만 감정적으로 꼬인 상대에게서 자꾸 무시하는 소리를 듣자니 견디기 힘들었어요."

"괴로웠겠지." 내가 말했다.

준야는 졸다가 깬 것처럼 몸을 꿈틀하더니 내 쪽을 쳐다보았다.

"선생님이 그렇게 미워하는데, 우리가 아무리 선생님과 잘 지내려고 애써봐야 소용없겠다 싶었어요. 우리가 우리인 이상은 소용없는 거죠. 히노 선생님에게 우리는 없으니만 못한 학생들이었어요."

그래서 학생들도 '우리에게 저런 선생님은 필요 없다'는 결론을 내렸다.

음陰의 방정식이라고 나는 생각했다. 선생과 학생, 가르치는 쪽과 배우는 쪽, 이끄는 쪽과 따르는 쪽, 억압하는 쪽과 억압받는 쪽의 조합부터 잘못되었고, 그러니 어떤 숫자를 넣어도 마이너스 답만 나온다.

"히노 선생님을 쫓아내려고 그런 사건을 꾸며낸 건 네 생각이었니?"

"맞아요. 뭐든 좋으니 불상사를 일으키자는 얘기는 다같이 했지만, 세세한 부분은 저 혼자 생각했어요."

그럴 리 없다고 나는 생각했다. 이 아이는 지금도 저 혼자 책임을 떠안을 작정인 것이다.

"나머지 여덟 명을 용케 잘 모았네."

"—어쩌다보니."

"캠프에 참가하지 않은 여섯 명도 계산했었니?"

"대강 짐작은 갔어요. 학기 초부터 절대 참가 안 한다고 말하던 애들도 있었고, 혹시 마음이 바뀌어서 오더라도 돌려보내긴 쉬우니까요. 그애들은 다들 온순해서."

"아키요시 쇼타도 비교적 온순한 타입이지? 그래서 갈수록 겁을 먹고 동요한 거고."

미요시 준야가 졸린 듯 눈을 깜박이고서 나를 바라보았다. "쇼타도 후회하진 않았어요. 히노 선생님이 변호사까지 쓰면서 집요하게 구니까 쫄았던 거죠."

후지노 변호사가 길게 한숨을 내쉬었다.

"네가 엄마를 간호하느라 힘들었을 때, 에이코 선생님이 많이 도와줬지?"

내 질문에 그가 고개를 두어 번 끄덕였다.

"초등학교 2학년 담임선생님이었어요."

나한테 엄청 다정했어요—라고 말했다.

그 '엄청'이라는 표현에는, 마흔이 코앞인 나 같은 남자는 도저히 흉내낼 수 없을 경쾌함과 절실함이 동시에 깃들어 있었다.

"처음에는 쉬는 날에 챙겨주시곤 했는데, 제가 늘 혼자라는 걸 안 다음부터는 매일 학교 끝나고 선생님 집으로 와도 된다고 하셨어요. 우리집이랑 가까워서 버스를 한 번만 타면 갈 수 있었어요."

준야와 이쿠시는 친형제처럼 지냈다고 한다.

"이쿠시도 아빠가 돌아가셨으니, 비슷한 처지인 너를 못 본 척할 수 없었겠지."

"이쿠시는 아빠 얼굴을 모르니까 그나마 낫겠다는 생각을 했어요."

무심코 속마음을 드러내버린 듯한 말투였다.

"그렇게 쭉 사이좋게 지내다가, 에이코 선생님이 재혼하고 학교를 그만두면서 헤어지게 된 거니?"

"그게 아니라, 3학년 2학기에 제가 전학을 갔어요. 지바에 사는 친가 쪽 친척이 돌봐주기로 해서요."

준야는 그 집에 자리잡았고, 세이카 학원 중등부에 입학한 뒤로도 한동안 그곳에서 통학했다고 한다.

"그러다 아무래도 멀고 불편해서 다시 아빠한테 왔어요. 이젠 혼자 있어도 아무렇지 않으니까."

슬프고 괴롭고 외롭고 기댈 곳 없이 막막하던 시절, 절실히 원하던 엄마 역할을 대신해준 에이코 선생님이 재혼했다는 것. 그 상대가 다름아닌 세이카 학원의 자기 반 담임선생님이라는 사실을 안 것은.

"1학년 설날 연하장을 받고서였어요."

"역시 그랬구나."

너무 놀라서 심장이 멎는 줄 알았다. 그렇게 말하고 준야가 처음으로 희미하게 웃었다.

"저는 그 무렵 이미 히노 선생님을 싫어하고 있었기 때문에 마음이 복잡했어요. 하지만 에이코 선생님과 이쿠시가 행복하다면 됐다고 생각했죠."

그러나 2학년에 올라가서도 히노 선생의 압정이 계속되고, 주위에서 반발과 불만의 목소리가 끊이지 않자 준야는 내심 혼란을 느꼈다.

"그 다정한 에이코 선생님이, 자기밖에 모르고 잘난 척만 해대는 저런 남자랑 결혼해서 과연 행복할까?"

이쿠시도 걱정되었다.

"그애는 아빠가 없다고 따돌림당한 적이 있어서 학교 가기를 좋아하지 않았어요. 공부도 별로 잘 못했고."

그런 이쿠시를 우쭐대길 좋아하고 공부 잘하는 학생들만 싸고도는 히노 다케시가 과연 예뻐해줄까. 상상하기 어렵다. 아니, 상상이 되지 않는다.

"그래서 확인할 생각으로 작년에 니시도쿄로 찾아갔었구나."

준야가 놀란 표정을 지었다. "그걸 어떻게 아세요?"

"이웃 사람이 널 기억하고 있었어. 네가 공손하게 인사했다며."

—선생님 제자입니다.

"예의바른 아이라고 칭찬하던데."

준야는 그때 자기가 온 걸 알리지 말아달라고 에이코

120

선생님과 이쿠시에게 부탁했었다.

"대신 제가 성적이 올라서 히노 선생님한테 칭찬받게 되면, 실은 내가 옛날에 가르쳤던 아이라고 말해서 깜짝 놀라게 해달라고 했어요."

그러나 그 말은 결코 진심이 아니었다. 준야는 그때 이미, 세이카 학원에서든 에이코와 이쿠시 모자의 인생에서든 히노 다케시를 몰아낼 계획을 짜고 있었으니까.

"에이코 선생님은 전혀 행복해 보이지 않았어요."

잔뜩 짓눌려서 질식해가고 있었다.

"저는 예전의 선생님을 아니까 금방 알아봤어요. 이쿠시도—그 녀석, 손재주가 엄청 좋은데."

"그래, 알아."

"히노 선생님은 그런 걸로는 절대 칭찬 안 하니까."

얕은 물웅덩이의 기름막처럼 준야의 눈이 탁하게 빛났다.

"뭐가 고장나서 이쿠시가 고치면, 무시해버리거나 야단친대요."

—넌 평생 남이 망가뜨린 물건이나 고치면서 살 거냐?

—그런 어른이 돼서 뭐할래. 사회 밑바닥에서 헤어나질 못해.

—역시 엄마들은 물러터져서 안 돼. 내가 제대로 교육시켜주마.

"이쿠시가 말해줬니?"

준야는 고개를 끄덕이고서 눈을 질끈 감았다. 주먹도 움켜쥐었다.

"그 광경이 눈에 선했어요."

매일같이 교실에서 똑같은 소리를 들으니까.

"그렇지만 체험캠프 전에 에이코 선생님과 의논하진 않았어요. 선생님은 아무것도 몰라요. 에이코 선생님과 이쿠시를 위해서 내가 멋대로 저지른 일이에요."

그러나 사건 후 히노 에이코도 어렴풋이 눈치챘으리라. 체험캠프 사건 피해학생에 준야가 끼어 있고, 가해교사인 남편은 누명이라며 난리를 쳤다. A와 B를 연결지어 생각하면 구도가 훤히 보였을 것이다.

그래서 아키요시 쇼타가 미수에 그쳤지만 자살 기도를 하고 뒤이어 가출까지 해버렸을 때, 히노 에이코는 '조금 울었고', 모든 것을 털어놓기로 결심하고 남편이 있는 시댁으로 향했던 것이다. 남편을 설득해서 일이 더 꼬이지 않도록 학교 측과의 분쟁을 멈춰야 한다. 미요시 준야를 비롯한 아이들이 거짓말을 한 건 틀림없다. 그러나 아이들이 왜 그랬는지 당신도 좀 생각해보고—

안타깝게도 히노 다케시에게는 그런 호소가 통하지 않았다. 에이코가 불러온 것은 그의 분노와 폭력뿐이었다.

—너도 그놈들 편이었어!

"넌 아직 어려서." 내가 말문을 열었다.

"부부 사이에 오가는 감정이나 충돌에 대해 잘 모르는 게 당연해. 하지만 에이코 선생님도 뭔가 마음에 드는 점이 있었으니까 히노 선생님을 좋아하고 결혼까지 한 거야."

준야는 내가 얼토당토않은 농담이라도 한 것처럼 어색하게 웃었다.

"—그건 지난 일이잖아요."

지금은 잘 지내지 못하니까.

"왜 잘 지내지 못하는지도 남들은 알 수 없어. 부부밖에 모르지."

준야가 코웃음을 쳤다. 실소였다.

"그러니까 너희 계획이 성공해서 히노 선생님을 세이카 학원에서 쫓아낸다 해도, 에이코 선생님이 반드시 히노 선생님과 이혼한다는 보장은 없어. 그런 생각은 안 해봤니?"

"계획이 성공하면 에이코 선생님은 그놈과 이혼할 수 있어요."

말을 꺼내기 쉬워지니까.

"더는 주위 시선 때문에 참고 살 필요가 없잖아요. 사실은 나쁜 놈이었다는 걸 모두가 알게 될 테니까."

번쩍거리는 리놀륨 바닥을 내려다보던 후지노 변호사는 천천히 고개를 가로저었다.

내가 말했다. "그건 네 생각일 뿐이야. 부부 문제는 부부밖에 몰라."

"난 알았어요. 에이코 선생님은 틀림없이 이혼할 거라고. 뒤도 안 돌아보고 헤어질 거라고."

체험캠프 사건의 결과가 아닌 이 결과를 이끌어내기 위해 꾸민 동기에 주모자 한 사람만의 비밀이 숨어 있었다. 그만의 목적. 그만의 소망. 가슴 깊은 곳에.

"에이코 선생님이, 왜 그런 놈과 결혼했을까 분명히

후회한다는 걸 난 알았으니까."

알았다. 알았다. 알았다.

에이코 선생님을 위해, 에이코 선생님을 위해, 에이코 선생님을 위해.

내 귀에 그것은 엄마나 다름없는 선생님을 사모하는 소년의 목소리로 들리지 않았다. 자신을 떠나 다른 남자를 택한 옛 연인을 되찾으려고 목이 쉬어라 부르짖는, 미련 많은 남자의 목소리로 들렸다.

하지만 그는 소년이다. 그래서 그 목소리는 더더욱 슬프고 애처롭고 그로테스크했다.

"있지, 미요시."

후지노 변호사가 몸을 일으켰다.

"난 너한테—너희한테 화가 나."

내게도 그렇게 말했었다.

"히노 선생님에게 문제가 있었던 건 맞아. 솔직히 말해 조사하면 할수록 문제교사란 게 보였고, 너희는 심한 처우를 받았어."

그렇지만, 그렇더라도.

"문제교사를 고발해서 쫓아내고 싶었다면, 어째서 정

정당당하게 싸우지 않았니? 어째서 있지도 않은 사건을 꾸며낸 거야?"

대답이 없었다. 미요시 준야의 뺨을 타고 한 줄기 땀이 흘러내렸다.

"그쪽이 손쉽고 편해서?"

후지노 변호사는 정말로 중학교 3학년의 입장이 되어 화를 내고 있었다.

"목적이 옳아도 수단이 잘못되면 모조리 틀린 것이 되어버리는데. 나쁜 놈을 해치우기 위해서라면 그 나쁜 놈이 하지 않은 나쁜 짓을 꾸며내도 되는 거니?"

대답해.

"왜 나쁜 놈이 저지른 진짜 나쁜 짓을 하나하나 모아서 입증하고 정면으로 맞서지 않았어? 왜 거짓말에 기댄 거냐고?"

후지노 변호사가 주먹을 움켜쥐고 제 무릎을 내리치더니, 한 마디 한 마디 힘주어 짜내듯이 소리쳤다.

"난 그게 분하단 말이야!"

휑한 대기실에 울려퍼진 그 외침은 중학교 3학년 소녀의 목소리로 들렸다.

해가 완전히 졌을 무렵 수술이 끝났고, 미요시 준야는 산소마스크를 쓰고 잠든 히노 에이코의 얼굴을 확인한 후 황급히 병원으로 달려온 아버지와 함께 돌아갔다.

"수고하셨습니다."

"스기무라 씨도요."

병원 후문을 지나 습한 여름날 땅거미 속으로 나갔다.

"정말로 선생님이 하이힐 굽으로 문을 박살냈어요?"

"우리 대표님이 거구라서, 제 차례까진 안 왔어요."

웃으며 말하고는 표정이 다시 진지해졌다.

"에이코 씨를 구한 건 스기무라 씨의 기지 덕분이에요. 한나절만 늦게 발견했어도 어떻게 됐을까 생각하니 오싹해요."

히노 다케시는 아내를 정리해버렸으리라.

"제 공을 인정한다면 질문 하나 받아주시죠. 방금 전 왜 그렇게 진심으로 화를 냈습니까?"

후지노 변호사가 눈을 가볍게 깜박거렸다.

"아이를 야단칠 때는 진심으로 해야죠."

"같은 입장이 되어 화내는 걸 야단친다고 할 순 없죠."

끈질기게 군 덕분에 내가 이긴 듯했다. 후지노 변호사의 목소리가 전에 없이 부드러워졌다.

"잠깐 옛날 일이 떠올라서요."

"옛날?"

"이십 년 전의 나. 시기도 딱 이맘때쯤. 여름방학이었어요."

"중학교 3학년 때의 추억이에요?"

"네. 어떤 사건의 진상을 밝히려고 3학년들이 뜻을 모아 학교에서 모의재판을 열었어요. 저는 검사 역을 맡았죠."

호오. 나는 진심으로 흥미가 생겼다.

"어떤 사건이었나요? 이겼습니까?"

후지노 변호사가 팔꿈치를 접으며 손을 들어 보였다.

"졌어요. 완패. 피고 쪽 변호사가 실력이 좋았거든요."

"흠. 무척 억울했겠네요. 그래서 지금까지 생생하게 기억하시는구나."

"어머, 그 정도로 지고 못 사는 성격은 아니에요."

지고 못 사는 성격이 아니라면 지금 저 눈빛은 뭔가.

"게다가 지금은 집에서 제가 더 세니까요."

128

"네?"

얼빠진 내 반응에 후지노 변호사가 시원스럽게 웃음을 터뜨렸다.

"그때 변호사가 남편이에요."

"네에?"

"속세에 찌든 저와 달리 그 사람은 청아한 상아탑에 사시거든요. 정말이지 학자들은 갈수록 현실에서 멀어지기만 한다니까요."

"아하."

"제가 없으면 우리집은 돌아가지 않아요. 뭐, 그래도 양가에 효도할 줄 알고 육아도 함께하니까, 이 정도면 본전인가."

즐거운 듯 가방을 흔들며 하이힐 굽으로 반 바퀴 빙글 돌았다.

"그럼 얼른 들어가시죠."

"네. 스기무라 씨도 다른 데로 새지 마시고요."

내게는 귀가를 기다리는 사람이 없다. 그러나 지금은 그 말을 하고 싶지 않았다.

대신 이렇게 말했다. "행복하세요, 후지노 선생님."

"그건 탐정이 변호사한테 할 말이 아닌데. 스기무라 씨는 좀 특이하시네요."

"뭐, 그렇지만. 앞으로 도움이 될 귀중한 교훈을 얻은 감사의 뜻으로 한 말이니, 말뜻 그대로 들어주세요."

그렇다, 그것은 훌륭한 교훈이었다. 중학교 3학년이라고 절대 만만하게 봐선 안 된다.

"일하다보면 어디서 또 만날지 모르겠네요."

후지노 변호사는 그렇게 말하고 가볍게 손을 흔들었다.

"그때도 잘 부탁드립니다."

그리고 경쾌한 구두 소리를 내며 여름밤의 저편으로 멀어져갔다.

지은이 **미야베 미유키**

1987년 단편 「우리 이웃의 범죄」로 올요미모노 추리소설 신인상을 수상하며 데뷔했다. 1993년 「화차」로 야마모토 슈고로 상, 1999년 「이유」로 나오키 상, 「모방범」으로 2001년 마이니치 출판문화상 특별상과 2002년 시바 료타로 상, 예술선장 문부과학대신상 등을 수상했다. 그외의 작품으로 「영웅의 서」 「낙원」 「솔로몬의 위증」 등이 있으며, 「화차」와 「모방범」을 비롯한 다수의 작품이 텔레비전 드라마와 영화로 만들어졌다.

옮긴이 **이영미**

아주대학교 국문과를 졸업하고, 일본 와세다 대학 대학원 문학연구과 석사 과정을 수료했다. 2009년 요시다 슈이치의 「악인」과 「캐러멜팝콘」으로 일본 국제교류기금이 주관하는 보라나비 저작·번역상의 첫 번역상을 수상했다. 옮긴 책으로 「공중그네」「약속된 장소에서」「화차」「솔로몬의 위증」「결괴」 등 이 있다.

문학동네 세계문학

음의 방정식

초판인쇄 2016년 2월 11일 | 초판발행 2016년 2월 25일

지은이 미야베 미유키 | 옮긴이 이영미 | 펴낸이 염현숙
책임편집 양수현 | 편집 황문정 | 독자모니터 구소영
디자인 김현우 유현아 | 저작권 한문숙 박혜연 김지영
마케팅 정민호 이미진 정진아 전효선
온라인마케팅 김희숙 김상만 한수진 이천희
제작 강신은 김동욱 임현식 | 제작처 영신사

펴낸곳 (주)문학동네
출판등록 1993년 10월 22일 제406-2003-000045호
주소 10881 경기도 파주시 회동길 210
전자우편 editor@munhak.com
대표전화 031) 955-8888 | 팩스 031) 955-8855
문의전화 031) 955-1927(마케팅) 031) 955-2684(편집)
문학동네카페 http://cafe.naver.com/mhdn

ISBN 978-89-546-3960-6 03830

www.munhak.com